KB262788

THE
TOWER
OF BABEL
바벨의 탑
FANTASY FRONTIER SPIRIT
푸른 하늘 장편 소설

바벨의 탑 4

푸른 하늘 장편 소설

초판 1쇄 찍은 날 § 2013년 2월 25일
초판 1쇄 펴낸 날 § 2013년 2월 28일

지은이 § 푸른 하늘
펴낸이 § 서경석

편집부장 § 권태완
편집책임 § 박우진
디자인 § 이혜정

펴낸곳 § 도서출판 청어람
등록번호 § 제1081-1-89호
등록일자 § 1999. 5. 31
어람번호 § 제1-1552호

주소 § 경기도 부천시 원미구 심곡2동 163-2 서경B/D 3F (우) 420-822
전화 § 032-656-4452 팩스 § 032-656-4453
http://www.chungeoram.com
E-mail § chungeorambook@daum.net

ⓒ 푸른 하늘, 2012

ISBN 978-89-251-3191-7 04810
ISBN 978-89-251-3114-6 (세트)

TOWER OF BABEL

바벨의 탑

푸른 하늘 장편 소설

4

[아스타로트]

Contents

Chapter 01
소설의 위력

레이나를 홀로 두고 진운이 다시 바벨의 탑에 돌아온 것은 대륙에서 집으로 돌아온 바로 다음 날이었다.

"변한 것은 없네. 뭐, 크게 다를 것도 없겠지만."

대륙에서 제법 오랜 시간을 보내긴 했지만 결과적으로 대륙과 지구의 시간적 차이가 없으니 다를 게 없었다.

"……."

딱히 뭔가 할 일이 있어서도 아니고 그냥 마음이 끌려서 오긴 했지만 막상 와보니 별달리 할 게 없었다.

그러다 문득 생각나는 것이 있었는데, 그것이 머릿속에 떠오르자 자신이 왜 이걸 지금까지 잊고 있었는지 너무나 바보스럽게 느껴지기까지 했다.

"아버지가 운영하던 회사 사람들, 그들이라면 뭔가 알고 있을지도 몰라."

그렇다.

지금까지 진운은 갑작스럽게 국정원의 공격을 받아 국정원만 생각하고 있었던 것이다.

뭐랄까, 시야가 좁았다고나 할까?

아무튼 자신이 생각해도 왜 그들을 기억해 내지 못했는지 한심하다는 생각이 들 정도이니 말이다.

진운이 곧바로 게티아를 끼고 있는 손을 들어 허공에 흔들었다.

커다란 화면이 진운의 눈앞에 떠올랐다. 그는 곧바로 검색을 시작했다.

그런데 검색을 한 지 얼마 지나지 않았는데 진운은 얼굴을 찡그리면서,

"젠장, 이미 다 죽은 사람들이라니……."

진운은 아버지 회사 사람들을 자주 접했다. 아버지랑 사이가 좋다 보니 자연스레 그 친구, 동료들과도 알고 지내게 된 것이다.

그러나, 떠오른 이름과 얼굴을 검색했지만 뜻밖에도 화면

에 비친 것은 '검색 제한'이라는 문구뿐이었다.

그것도 모두 진운이 제법 친하게 지내면서 잘 안다고 생각하는 사람들 모두가 검색 제한이었다.

바벨의 탑에서 검색 제한이라는 것은 이미 이 세상 사람이 아니라는 것과 같은 말이다. 그것을 확인한 진운은 한숨밖에 나오지 않았다.

어차피 지금 진운은 자신이 나서서 그들과 접촉하거나 회사를 찾아갈 수는 없었다.

이미 다른 사람으로 신분을 바꿔 버렸고, 마나 적응을 해버린 진운의 몸과 외형이 제법 많이 바뀌어 있으니 말이다.

특히나 소지훈의 집에서 겪은 각성으로 인해 전에 진운을 알고 있던 사람들은 알아보지도 못할 만큼 얼굴과 체형이 완전히 변해 버린 상태였다.

만약에 진운이 소지훈의 집이 아닌 다른 곳에서 각성했다면, 그들도 지금의 진운을 알아보지 못할 정도였다.

그러니 이제는 진운을 알아보는 사람이 없다고 해도 과언이 아니다.

이제 와서 진운이 죽은 아버지의 회사에 관해서 파고들기에는 그리 쉽지 않을 것이다.

하지만 그런 것을 아예 원천 봉쇄해 버리려는 듯 죽은 아버지와 관련된 회사의 간부급과 진운이 익히 알고 있는 사람 모두가 죽어버린 것이다.

현재는 죽어버린 사람에 관해서는 바벨의 탑이라고 해도 검색할 방법이 없으니 포기할 수밖에 없었다.

"젠장, 도대체 어떤 놈들이기에……."

처음에는 국정원이 원흉이 아닐까 생각했지만 뭔가 지금 진운이 알고 있는 회사와 관련된 모든 사람이 죽어버린 것을 보면 이상하다는 생각을 지울 수가 없었다.

마치 아버지에 대한 존재를 세상에서 지워 버리려고 하는 듯 철저하게 주위 사람이 죽어버렸으니 말이다.

소지훈이 아무래도 법 쪽에 아는 사람이 많아서 죽이지 않았는지, 아니면 그들이 숨기려고 하는 것을 소지훈이 모르고 있기에 죽이지 않았는지 모르지만 아버지와 과거에 진운을 알고 있는 사람은 현재 소지훈과 김미영이 유일한 사람이 되어버렸다.

혹시나 해서 기억나는 사람들을 몇 명 더 검색해 봤지만 역시나 진운의 눈앞에 보이는 것은 검색 불가라는 붉은 글자뿐이다.

"뭐지? 너무… 이상하잖아."

마치 계획했다 싶을 만큼 회사와 관련된 주변 사람들이 다 죽어버린 것을 뒤늦게 발견한 진운은 왠지 꺼림칙한 느낌이 온몸을 감싸는 것을 느꼈다.

　그리고 몇 번을 더 검색해 봤지만 역시나 대륙에서와 달리 지구에서의 진운은 바벨의 탑에서 권한이 낮아서 그런지 별다른 정보를 얻지 못했다.

　별수 없이 아무런 소득 없이 바벨의 탑을 나온 진운은 미리 레이나가 알려준 집의 고정 좌표를 이용해서 집으로 돌아왔다.

　돌아온 진운을 반기는 것은 책에 파묻혀 있는 레이나였다.

　—……?

　왜 그런 눈으로 보느냐는 듯한 레이나의 눈빛을 마주한 진운은 피식 웃었다.

　"재미있어?"

　—응. 놀라워. 설마 이 정도로… 판타지 소설이라는 게 퀄리티가 높을 줄은 상상도 못했어. 이걸 보면 진운이 왜 대륙에 처음 오면서도 그처럼 담담하면서도 여유있었는지 이해가 갈 만도 해.

　레이나는 이미 몇 권의 한국형 판타지 소설을 본 뒤였고, 지금은 반지 원정대라는, 거의 판타지 소설의 원형이 되는 소설을 보는 중이었다.

　레이나는 지구의 판타지 소설을 보고는 문화적 충격을 받은 상태였다.

　마치 대륙의 수백 년 역사보다 더 엄청난 분량의 서사시를 보는 것 같은 소설부터 시작해, 기발한 아이디어와 함께 조금은 말도 안 되는 상상력으로 만들어진 소설도 제법 있었지만, 레이나에게는 그 모든 것이 모두 문화적 충격을 주기에는 모자람이 없는 것뿐이었다.

특히나 지금 보고 있는 반지 원정대라는 아주 오래된 소설은 지금의 판타지 소설을 있게 만든 교본이라는 말이 무색하지 않을 만큼 짜임새 있고 어색하지 않은 스토리 흐름으로 레이나가 빠져들게 만들었다.

어떻게 보면 특별한 에피소드도 없고 그저 특별한 반지를 중심으로 모험을 떠나는 것이 반지 원정대라는 소설의 내용의 전부이지만, 레이나의 시선을 사로잡은 것은 그 소설 속에 등장하는 왕국과 인물들의 묘사 부분이었다.

특히나 대륙에서 살아온 레이나는 마치 소설 속에서 자신이 직접 여행을 하는 것 같은 착각까지 느낄 정도였다.

"영문판이네?"

어차피 레이나에게 언어의 장벽이라는 것이 아무런 문제가 되지 않기에 진운이 별다른 생각 없이 물어보자 레이나는 책에서 시선을 떼지도 않은 채,

—한글 번역판을 봤는데… 미묘하게 좀 다른 부분이 많더라고. 특히나 인물의 묘사나 감정을 드러내는 부분에서 영 이상해서 확인했더니 역시 조금 달랐어. 그래서 이왕 볼 거 영

문판을 보는 거야.

"그래?"

진운도 반지 원정대를 본 적이 있다.

하지만 진운에게는 맞지 않는지 재미가 없어서 반 권도 읽지 못하고 책을 덮었던 기억이 있다.

물론 진운은 한글 번역본을 봤다.

그런데 지금 레이나의 말을 들어보니 어쩌면 번역본과 영문판이 미묘하게 다를 수도 있겠다는 생각이 들었다.

본래 번역본은 번역한 사람의 의역이 많이 포함되는 편이다.

그런데 대사나 논문 정도라면 상관이 없지만 소설 같은 경우 감정 표현이 조금만 잘못되어도 소설의 재미가 반감되는 경우가 많다.

물론 번역이 잘못된 것이라는 말은 아니지만 아무래도 번역한 사람의 의역이 포함되는 만큼 미묘하게 행간의 느낌이 달라지는 경우가 있기 때문이다.

부스럭.

진운은 호기심에 레이나의 옆에 앉아서 레이나가 이미 본 반지 원정대 영문판을 집어 들어 보았다.

책을 보는 정도는 충분히 가능한 영어 실력이니 보는 데는 크게 문제가 없었지만 역시나 집어 든 지 한 시간이 지났을까, 진운은 들고 있던 책을 내려놓아 버렸다.

─왜?

"이미 봤던 거라 그런지 별로네."

─그래? 난 재미있는데. 취향 차이인가?

레이나는 단순하게 생각했지만 진운은 조용히 웃었다.

진운도 알고 있었다. 상상력으로 만든 소설이라는 생각을 가지고 보는 것과 대륙에서 살다 온 레이나가 보는 시선은 다를 수밖에 없었다.

특히나 마치 대륙에서 살다 온 사람이 쓴 여행기와 같은 소설의 매력은 레이나에게는 그 어떤 소설보다 재미있을 것이다.

아무튼 그날은 어쩔 수 없이 집에서 책을 보면서 보낼 수밖에 없었다.

＊　　＊　　＊

"젊은 애들이 집에서 정말……."

며칠 만에 다시 진운의 집을 방문한 김미영이 한 첫마디이다.

방에 쌓여 있는 수십 권의 책과 간단하게 챙겨 먹은 듯한 식사의 흔적을 본 김미영은 한숨을 내쉬더니 결국 팔을 걷어

붙이고는 정리를 하기 시작했다.

물론 레이나와 진운도 자신들이 사는 집이기에 어쩔 수 없이 청소에 동참했다.

"도대체 여자가 있는 집이 맞는지 의심스럽네, 정말."

김미영은 레이나가 있기에 당연히 깔끔하게 살 것으로 생각했던 것이다.

그녀가 만난 레이나의 첫 느낌이 깔끔하고 뭔가 기품이 있었기에 김미영은 진운에 관해서는 신경을 크게 쓰지 않아도 되겠다고 생각하고 있었다.

하지만 이렇게 방문한 결과, 마치 몇 년째 홀로 자취하는 남자 집에 온 것 같은 모습에 절로 한숨이 나왔다.

물론 이렇게 된 것도 어찌 보면 누구 탓할 것이 없었다.

워낙에 마법에 익숙한 진운과 레이나는 청소는 물론 세탁까지 클린 마법으로 모두 해결했기에 당연히 부지런히 청소하는 것이 오히려 비효율적이기도 했다.

한 번에 몰아서 클린 마법을 사용하면 끝나는데 굳이 땀 흘려가면서 움직일 필요가 없는 것이다.

진운도 처음에는 청소를 하려고 했다. 하지만 때마다 하는 정리보다 바벨의 탑에서부터 익숙한 클린 마법이 훨씬 편했다.

이미 그 편리함에 익숙해져 있는 진운도 레이나와 같이 딩

굴덩굴 책 보고 먹고 쉬다가 자기 전 마법으로 한 번에 해결하게 되는 건 당연한 수순이었다.

그렇게 진운이 집으로 돌아와서도 게으름에 익숙해지는 데 걸린 시간은 불과 며칠에 불과했다.

달그락달그락.

김미영이 주부답게 익숙하게 설거지부터 시작했다.

거기에 그치지 않고 눈에 띄는 곳곳을 청소하고 나자 한 시간이 훌쩍 지나갔다.

자신이 한 청소 상태를 확인하고 만족한 듯 입가에 미소를 띤 김미영이 진운과 레이나를 향해 말했다.

"아무리 젊은 커플이지만 좀 심했다."

"……."

―…….

진운과 레이나는 별달리 할 말이 없었다.

레이나야 대륙에서 진운이 워낙에 판타지 소설에 대해서 많은 이야기를 했고 이미 호기심이 가득한 상태에서 지구로 넘어왔으니 소설에 빠져 헤어나지 못한다고 하지만, 진운 자신까지 같이 행동한 것에는 입이 열 개라도 할 말이 없었다.

거기다 워낙에 김미영이 친누나 같은 포스를 풍기는 성격으로 다그칠 때는 가차없이 나무라기에 레이나와 진운은 가만히 듣기만 했다.

"조금은 치우고 살아라. 진짜… 동거하는 것까지는 나도 오빠도 더 이상 뭐라고 하지 않잖니? 그리고 레이나도 그래. 여자가 돼지우리처럼 집 안을 해놓고 사는 건 너무 심하잖아."

김미영의 잔소리는 장장 30분이나 계속되었고, 결국 너무 말을 많이 해서 목이 아프다면서 잔소리는 멈추었다.

"그보다 어쩐 일이에요?"

진운은 평일, 그것도 낮 시간에 자신의 집에 찾아올 만큼 김미영이 한가로운 사람이 아니라는 것을 알기에 물었다.

찌릿~!

무서운 김미영의 눈빛이 진운을 향했지만 사실 대륙에서 살기도 아무렇지 않게 생각하는 진운에게 김미영의 사나운 눈빛 공격은 별 효과가 없었다.

"왜, 내가 와서 불만이니?"

진운은 아직도 화가 덜 풀린 김미영의 모습에 웃으면서,

"병원 일이 바쁠 텐데 이 시간에 찾아올 정도면 혹시 무슨 일이 있나 해서 물어보는 거죠."

구렁이 담 넘어가듯 슬쩍 화제를 돌리는 진운의 모습에 김미영도 못 이기는 척 넘어가 주기로 했는지 자리에 앉았다.

"내가 그냥 왔겠니? 볼일이 있으니 왔지."

그리고는 김미영이 한 장의 명함을 진운 앞에 내밀었다.

"뭐예요, 이건?"

진운은 말을 하면서 받아 들었는데, 거기에는 처음 보는 사람의 이름이 쓰여 있었다.

"B&B 엔터테인먼트?"

명함에 크게 각인되어 있는 글자를 읽은 진운이 이게 뭐냐는 눈빛으로 김미영을 바라보았다.

"너 혹시 거기 아는 사람 있어?"

"아니요."

당연히 알 리가 없다.

이름만 들어도 연예기획사라는 것을 알 수 있는 곳인데 진운의 지금 사정과 성격상 이런 사람들과 연관을 맺을 이유가 없으니 말이다.

그러자 김미영도 오히려 고개를 갸웃거리면서,

"몰라?"

"네."

너무나 당당하게 대답하는 진운의 모습에 김미영은 잠시 진운을 바라보더니,

"거짓말은 아닌 것 같은데……. 우선 그쪽 실장이라는 사람이 나를 찾아와 그 명함을 주면서 한번 사무실로 와달라고

하던데. 너 혹시 길거리 캐스팅이라든지 그런 거 당한 적 있니?"

"아니요."

김미영의 질문에는 생각할 것도 없었다.

아직 보이지 않는 적이 있는 진운인지라 밖으로 나다닌 적도 별로 없다.

대륙에서 넘어온 뒤로 집 근처 도서관과 책 대여점, 그리고 서점을 제외하고는 웬만하면 외출을 하지 않았으니 누군가가 진운을 캐스팅할 수가 없는 것이다.

"그래? 그럼 그쪽에서 널 어떻게 알고… 날 찾아온 거지?"

김미영은 진운이 아는 사람인 줄 알고 찾아왔는데 막상 와 보니 진운도 모르고 있다.

사실 김미영도 진운의 성격상 연예기획사와 연관을 맺지 않을 것을 알고는 있었다. 그래도 혹시나 하는 생각에 온 것인데, 진운이 모른다고 히자 그대로 일어섰다.

"우선 난 전해줬으니까 직접 전화해서 물어봐. 무슨 일로 너를 찾는지 말이야."

"저를요?"

진운은 아무리 생각해도 B&B 엔터테인먼트와 전혀 연관점이 없어 되물었다.

"아무튼 난 전해줬으니까 알아서 잘해봐. 난 네가 연예계

쪽으로 간다고 해도 나쁘진 않다고 생각하니까 말이야.”

진운이 싫다고 하기에 김미영도 진운의 뜻을 따라주는 것뿐이지, 사실 그녀도 진운이 연예계 쪽에 생각만 있다면 자신의 친구를 동원해서라도 도와줄 의향은 있었다.

외동딸이다 보니 김미영은 진운과의 만남이 그리 길지는 않았지만 이미 친동생같이 생각하고 있다.

“그럼 가볼게.”

그녀는 해야 할 일을 끝냈다는 듯 현관으로 움직였다.

진운과 레이나도 드디어 잔소리에서 벗어났다는 기쁨을 살짝 숨긴 채 마중을 위해 같이 일어섰다.

그러다 현관 앞에서 이상한 것을 보았다.

“누나, 저 쇼핑백은 다 뭐예요?”

“이거?”

김미영은 잠시 현관에 놓아두었던 여러 개의 쇼핑백을 집어 들면서,

“다슬이 옷이랑 신발… 뭐 그런 거야.”

“아…….”

그 말에 진운은 김미영이 왜 자신에 집에 직접 찾아왔는지 알아챌 수가 있었다.

솔직히 이런 명함이야 전화로 알려줘도 되는데 굳이 찾아온 것은 애초에 진운의 집이 목적이 아니었다는 것이다.

저 여러 개의 쇼핑백만 봐도 알 수 있듯이 백화점에 갔다가 오는 길에 들른 게 확실하다고 진운은 생각했다.

사실 진운이 현재 사는 곳은 김미영이 자주 가는 백화점과 그녀가 운영하는 병원 사이의 길목에 있었으니 겸사겸사 찾아왔다가 청소하고 잔소리까지 퍼붓고 돌아가는 것이다.

"그보다, 누나."

"응?"

"다슬이는 어떻게 됐어요?"

소지훈 정도의 능력을 가진 변호사라면 사회적으로 넓은 인맥을 형성하고 있으리라.

그렇다면 다슬이 있던 고아원의 사람들과 연락하는 것이 쉬울 것이기에 물었다.

"그게… 오빠 말로는 이미 다 연락을 해봤는데 아무도 다슬이의 존재를 모르고 있다던데."

"몰라요?"

진운은 고아원 사람들이라면 당연히 알고 있으리라 생각했다.

다른 곳으로 흩어지긴 했어도 소지훈의 능력이라면 금방 그 사람들을 수소문할 수 있다.

그래서 다슬에 대한 정보를 쉽게 찾을 수 있으리라 여겼는데, 그게 아닌 것이다.

"응, 오빠도 혹시나 해서 몇 번이나 다슬이 사진까지 보내서 물어봤는데, 그쪽에서 전혀 모른다는 거야. 혹시나 애를 버린 거 아닌지 해서 친한 형사까지 동원해 봤는데 고아원 기록에도 다슬이는 없었대."

"없다고요? 이상하네."

고아원에 연락이 되면 금방 해결날 줄 알았던 진운은 솔직하게 당황했다. 하지만 김미영은 별것 아니라는 듯,

"뭐 어때. 귀엽고 착하기만 하던데. 정 안 되면 우리가 좀 더 데리고 있지, 뭐."

이미 다슬에게 푹 빠져 버린 듯 김미영은 고아원에서 다슬을 아무도 모른다는 것에 크게 상관하지 않는 듯했다.

그런 김미영의 모습에 진운도 그녀가 괜찮다는데 굳이 다른 할 말이 없어 대수롭지 않게 넘겼다.

"나 간다!"

"네."

그렇게 한바탕 폭풍이 지나간 진운과 레이나의 보금자리는 깨끗해져 있었다.

확실히 주부의 손길이 닿아서 그런지 정리정돈은 물론이거니와, 어지럽게 늘어져 있던 옷가지와 너저분하던 모습은 완전히 사라졌다.

그런데 레이나가 조금 이상했다.

"레이나?"

김미영이 오기 전까지만 해도 반지 원정대를 보면서 화내고 웃고 울던 그녀가 조용히 책을 펴지도 않고 창밖을 바라보고만 있는 것이다.

진운이 그런 모습이 이상해서 레이나를 부르자 그때서야 그녀가 슬그머니 고개를 돌렸다.

레이나의 눈동자가 얕게 흔들리고 있었다.

—진운.

"응?"

—혹시 전에 내가 다슬이에 대해서 이야기하려던 것을 기억해?

"다슬이에 대해서? 아, 그랬지."

진운은 레이나의 말을 듣고서야 기억이 났다.

그때도 지금처럼 레이나의 행동이 너무나 부자연스러웠기에 물어보자 그녀는 다슬이에 대해서 말할 게 있다고 했다.

그런데 말하는 도중에 갑자기 최무도에 대해 알람이 울리면서 어쩔 수 없이 듣지 못했던 것이다.

—혹시 진운은 다슬이가 어때 보여?

"다슬이? 뭐, 귀엽지 않아?"

　진운도 외동아들에 친척 하나 없이 자라다 보니 아기와 어린애를 좋아하는 편이다.

　고아원에서 자란 사람들은 아기를 좋아하는 경우가 많은 편이다.

　혼자 자란 외로움을 잘 알고 일가친척 하나 없는 서러움을 잘 알기에, 거의 공통적으로 가지는 하나의 성격이라고 할 수 있다.

　─이상하지 않아?

　"뭐가?"

　진운은 레이나가 이상하게 다슬에게 민감하게 반응하는 것 같다는 생각에 물었다.

　─그때 고아원에서 진운과 나… 둘뿐이었잖아.

　"그랬지. 하지만 다슬이가 말했잖아. 숨바꼭질하다가 잃어버렸다고. 뭐, 그런 일이 흔하진 않지만 가끔 있다고 나도 아버지한테 들은 적이 있어. 고아원에는 워낙 애들이 많기에 숨바꼭질을 하다가 그대로 잠들어 버리거나 해서 찾느라고 고생한 적이 제법 있다고 말이야."

　진운이 다슬이 했던 말이 크게 이상할 게 없다는 듯 말했다.

　레이나는 잠시 한숨을 쉬더니,

　─진운은 우리가 어떤 존재인지 잊은 건 아니지?

“응?”

—진운, 난 마법사야. 그리고 마법사는 마나를 감지하는 것에는 그 어떤 존재보다 민감해. 특히나 난 하이엘프야. 내가 탐지하는 범위에서 내가 마나를 감지하지 못하는 경우는 없어. 그리고 진운도 나에게 말하지 않았어? 진운의 감각에도 이곳에는 우리 둘뿐이었다고 말이야.

“……”

진운은 레이나의 말을 듣고 잠시 생각하더니 조용히 고개를 들어 레이나를 바라봤다.

“설마……?”

—나도 믿기지는 않지만 다슬이는 갑자기 나타난 거야. 우리 둘만 있던 고아원에 말이야. 어떻게 갑자기 나타났는지는 나도 아직 모르겠지만… 다슬이는 평범한 어린애가 아니야.

“에이, 설마…….”

진운은 역시나 다슬이의 어린 모습도 그렇지만 천진한 표정과 눈동자가 다시 떠오르면서 레이나의 말을 쉽사리 믿을 수 없었다.

원래부터 어린애를 좋아하는 진운에게는 어린애는 약하고 귀엽다는 선입관이 있는 때문인지 레이나의 말을 그대로 받아들이기 힘들었다.

사실 대륙이라면 레이나의 말에 진운도 긴장했을 것이다.

하지만 이곳은 지구다.

마법을 사용하는 존재는 진운이 알기로 레이나가 유일했고, 마나를 사용해서 오러 블레이드를 만드는 것도 진운 자신이 유일했으니 말이다.

그리고 레이나의 말을 듣던 진운은,

"레이나, 너 설마 다슬이가 게티아의 봉인에서 빠져나간 마신 중의 하나라고 생각하는 거야?"

너무나 진지한 레이나의 모습에 진운이 그나마 가장 가능성이 높은 것을 이야기하자 레이나는 기다렸다는 듯이 고개를 끄덕였다.

하지만 진운은 오히려 피식 웃으면서,

"그건 아닐 거야. 만약에 다슬이가 봉인을 빠져나간 72마신 중의 하나라면 당연히 게티아가 반응했을 텐데. 봐."

진운은 손가락에 끼워져 있는 게티아를 들어 확인하듯 보여주었다.

"아무렇지도 않잖아. 안 그래?"

—…….

진운의 말에 레이나도 확실히 대륙에서 마신을 발견했을 때 게티아가 반응을 보였다는 것을 알기에 진운의 말에 납득은 했다.

하지만 이상하리만큼 다슬이 레이나는 꺼림칙했다.

논리적인 엘프인 레이나이기도 했지만 그건 엘프 특유의 성격일 뿐이고, 숲에서 살아온 종족이니만큼 감각이 유달리 발달했는데 지금 그런 감각이 레이나에게 자꾸 신호를 보내고 있는 것이다.

"그냥… 레이나가 민감한 거겠지."

진운도 레이나의 말에 잠시 생각은 해봤다.

사실 진운은 자신이 마스터에 오른 게 운 60%, 속성 수련 40%라는 것을 알고 있다. 그렇기에 자신의 감각을 100% 신뢰하는 것은 아니었다.

그리고, 물론 레이나가 뛰어난 마법사라는 것은 알고 있다.

하지만 과학이라는 개념이 강한 지구에서 살아온 진운은 아무리 정밀한 기계라도 오작동을 일으킬 확률이 있다는 깃을 알고 있다.

그러니 당연히 마법도 어느 정도 맹점이 있을 거라고 생각한 것이다.

거기다 게티아가 전혀 반응이 없었다는 것 때문에 진운은 레이나가 민감한 거라고 치부했다.

이곳 지구에서 마법을 사용할 수 있는 사람은 레이나뿐이고, 마나를 사용하는 존재는 자신이 알기로 진운 자신과 레이나가 전부였다.

사실 진운도 이 마나를 사용하게 되기까지 거의 죽다시피 했던 수련 과정과 천운이 있었기에 가능한 것이었다.

그런데 아직 어린 다슬이 그런 마나를 사용한다는 것은 아무리 생각해도 말이 안 되었다.

—…….

레이나도 진운의 말을 듣더니 곰곰이 생각에 빠졌다.

확실히 진운의 말도 틀린 게 없으니 말이다.

다슬에게서 뭔가 이렇다 할 행동이나 특징이 보인 것도 아니고, 오로지 레이나 본인의 느낌과 자신의 마법 탐지에 걸리지 않았다는 것만으로 몰아붙이기에도 조금은 무리가 있었다.

결국 진운의 게티아가 반응하지 않는다는 것에 레이나도 납득했는지,

—어쩌면 내가 민감했을지도 모르겠네.

"아마 그럴 거야. 그때 레이나는 대륙으로 돌아가지 못할지도 모른다는 불안감도 있었으니까."

진운이 여러 가지 현상 때문에 스트레스가 많이 쌓여 있을 때라서 그랬을 것이라고 말하자 레이나는 고개를 끄덕였다.

　확실히 그 당시 자신의 심리 상태가 지금과는 확연하게 차이가 있다는 것은 스스로가 인정하는 부분이었으니 말이다.

　그렇게 레이나의 일이 일단락되자 진운은 김미영이 놓고 간 명함을 바라봤다.

Chapter 02
그곳의 규칙

"남주현이라……. 이름만 봐서는 여자 같은데……."

진운이 명함에 쓰여 있는 남주현이라는 이름에 머릿속을 뒤져봤으나 역시 처음 듣는 이름이었다.

하지만 생각해 보던 진운은 결국 명함을 내려놨다.

"왠지 전화를 걸면 귀찮은 일이 생길 것 같은 느낌이 드네."

진운은 뭔가 안 좋은 쪽으로는 묘하게 느낌이 잘 맞은 경험이 제법 있기에 전화하기가 망설여졌다.

거기다 광고 촬영을 한 때로부터 실제로 지구에서의 시간은 겨우 며칠이 지났을 뿐이기에 광고를 보고 자신에게 연락했을 가능성은 거의 없다.

그때 감독도 편집에 여러 가지 수정을 거쳐야 하기에 실제로 그날 찍은 공익광고가 TV 전파를 타는 것은 빨라도 한 달 이상 걸린다고 했다.

탁탁, 탁탁.

진운은 김미영이 준 명함을 손가락으로 잡고 바닥에 두드리면서 잠시 생각하는 듯하더니 명함을 책상 서랍에 넣어버렸다.

—그냥 무시하려고?

레이나가 진운이 생각 끝에 명함을 넣어버리는 모습에 물어보자 진운은 고개를 끄덕였다.

"아무래도 연예계와 연관되면 시끄럽기만 할 것 같아서 말이야. 그날 광고 촬영 때도 뜻하지 않게 분량이 늘어났었잖아. 더 이상 그런 사람들과 연관되는 건 내 쪽에서 사양하고 싶어. 그것 아니라도 할 일이 많은데. 이제는 대륙으로 넘어가서 레이나 고향도 찾아가 봐야 하잖아. 안 그래?"

진운이 갑자기 레이나의 고향에 대해서 이야기를 꺼내자 레이나도 고개를 끄덕였다.

전투력이 없는 엘프들을 보호하는 역할을 하는 하이엘프인 자신이 너무나 오랫동안 마을을 비웠으니 걱정이 안 된다면 거짓말이다.

다만 현재 대륙과 지구를 오가는 차원 이동의 열쇠를 진운이 가지고 있기에 조용히 있을 뿐이다.

만약에 게티아가 진운이 아닌 레이나를 선택했다면 아마 그녀는 대륙에서 결코 지구로 되돌아오는 일은 없었을 것이다.

"레이나, 너와 난 동료야. 알지? 서로 등을 맡기고 목숨을 걸 수 있는 동료. 설마 내가 레이나의 고향을 모른 체하고 있을 거라고 생각한 건 아니지?"

─아니. 내가 아는 진운은 결코 그런 인간이 아니야.

레이나도 진운의 말에 단호하게 말했다.

그 모습에 진운은 웃으면서,

"레이나가 소설에 워낙 빠져 있기에 그냥 잠시 기다린 거야. 어차피 우리가 지구에 와 있는 동안 대륙의 시간은 멈춰 있을 테니 조금 늦게 간다고 해서 크게 다를 것도 없잖아."

지구로 돌아왔을 때 지구의 시간이 멈춰 있었던 것을 들어 이야기하자 레이나는 진운의 말에 갑자기 피식 웃음을 터뜨렸다.

─진운, 대륙에 한번 다녀오더니 많이 여유로워졌어.

확실히 대륙을 다녀온 진운은 생각에 여유가 생긴 게 눈에 보였다.

여전히 눈앞에 문제가 있긴 하지만 전처럼 조바심 내면서 긴장해 있던 모습은 이제 더 이상 찾아볼 수 없었다.

본래 아무리 마스터에 오른 진운이라도 긴장된 생활을 계속하게 되면 결국 먼저 지치는 것은 진운 본인이다.

진운이 지치면 지칠수록 결과는 나쁠 수밖에 없다.

그런 것을 이미 진운과 달리 오랜 세월을 살아왔고 홀로 바벨의 탑에서 고군분투했던 경험이 있는 레이나는 잘 알고 있었다.

"말했잖아. 조바심 내지 않기로 했다고. 결국 내가 바벨의 탑이 가진 정보를 마음대로 할 수 있는 레벨까지 올라가는 수밖에 없으니 말이야."

진운은 바벨의 탑이 아카식 레코드라는 것을 어느 정도 알게 되었지만 그게 전부였다.

대륙과 달리 바벨의 탑에 대한 제한이 심한 지구에 있는 진운은 좋든 싫든 필연적으로 대륙으로 넘어가야만 했다.

대륙으로 넘어가면서 지구와 다르게 바벨의 탑에 대한 권한이 풀렸으니 지구에서 단계를 올리는 것도 대륙에 힌트가 있을지도 모른다고 생각했다.

그리고 솔로몬 왕의 부탁이 아니더라도 진운은 72마신을 모두 게티아에 봉인해야만 했다.

대륙에서 첫 번째 마신을 봉인한 뒤 돌아온 진운은 확실히 전과 다르게 바벨의 탑에서 정보를 검색하거나 얻는 데 한결 편해졌다는 것을 느끼고 있었다.

어쩌면 바벨의 탑의 진정한 주인이 되기 위해서는 게티아에 72마신을 모두 다시 봉인해야만 한다는 것을 알아챈 것이다.

레이나가 이제 대륙으로 가길 원할 때 고향으로 돌아갈 수 있다는 마음의 여유가 생긴 것처럼, 진운도 그동안 바벨의 탑에서 자신의 레벨을 올리는 방법을 몰라서 애태우던 것이 이번 대륙으로의 여행으로 인해 풀렸기에 지금 이런 여유가 가능했다.

결과적으로 원하진 않았지만 레이나와 진운 둘 모두에게 많은 도움이 되는 여행이었던 것이다.

"레이나도 마찬가지잖아. 안 그래?"

─하긴…….

"그보다 나도 이제 공부 좀 해야겠다."

잠시 레이나의 모습에 호기심이 생겨 소설책을 읽긴 했지만 역시나 레이나에게만 다르게 느껴질 뿐이지 진운에게는 소설은 결국 소설일 뿐이었다.

그보다 지금 당장 진운에게 급한 것은 복학 준비였다.

S대가 국내에서 내로라하는 머리만 모이는 곳이다 보니 조금만 실수를 해도 졸업을 할 수 있을지 걱정될 만큼 치열한

곳이라고 들었다.

하지만 그런 걱정도 그리 오래가지 못했다.

"원래 이렇게 쉬웠나?"

분명히 마나의 적응을 하기 전의 자신이었다면 머리를 싸매면서 끙끙댈 문제를 지금은 조금만 생각해도 머릿속에서 공식이 자연스럽게 대입되면서 답이 튀어나오는 것이다.

공부를 시작한 지 하루 만에 진운은 자신의 몸만 마나의 적응으로 변한 게 아니라는 것을 몸소 체험하게 되었다.

말 그대로 복학을 위해 준비해야 하는 필수 과목을 단 하루 만에 확실하게 머릿속에 집어넣어 버렸으니 말이다.

재있는 것은 진운이 공부를 하자 소설을 읽던 레이나도 진운이 집중해서 보는 책에 흥미를 느꼈는지 같이 공부를 하기 시작했다는 것이다.

처음에는 과학, 수학 등의 생전 처음 보는 공식과 이론에 조금은 이해하는 데 애를 먹은 레이나였지만 그것도 잠시뿐이었다.

몇 시간이 지나고 진운의 설명과 함께 이론에 대해서 한번 이해를 하자 그때부터는 막혀 있던 물이 흐르듯 너무나 쉽게 이해한 것이다.

그러다 보니 결국 레이나와 진운은 그날 김미영이 다녀간 뒤로 공부만 하게 되었다.

진운은 거기서 그치지 않고, 대륙에서 그쪽의 공용어를 배울 때 생각했던 것을 직접 실행하기로 하고는 일어부터 영어와 독일어 등 모든 세계의 언어를 구해서 익히기 시작했다.

복학까지는 앞으로 3개월 정도 남아 있지만 현재 진운이 해야 할 일은 공부밖에 없으니 오히려 집중력도 좋아졌고 그만큼 능률도 급속하게 좋아지고 있었다.

하지만 뭐랄까, 진운은 그렇게 하루하루를 보내다가 문득 지루하다는 생각이 들었다.

특히나 대륙에서 자유롭게 자신의 힘을 사용해서 움직였던 경험 때문인지 이상하게 한번 마음이 움직이자 더 이상 기다리기 힘들 정도로 흔들리기 시작했다.

거기다 때마침 레이나도 광적으로 읽던 소설을 이제는 어느 정도 여유를 두고 즐기는 수준으로 내려온 상태였기에 진운은,

"레이나, 대륙으로 갈까?"

―고향으로?

"응. 답답하기도 하고 레이나도 이제 슬슬 엘프 마을로 움직일 때가 되었잖아."

―그야 그렇지.

사실 레이나도 대륙으로 가기 싫은 것은 아니었다.

하지만 지구의 편리한 생활이 인간이나 엘프나 다를 게 없

었으니 어느 정도 편안함에 젖어들어 있었다.

거기다 이제는 원하면 언제든 갈 수 있으니 조금만 더 책을 보고 가야겠다고 생각한 것이 벌써 대륙에서 지구로 돌아온 지 두 달째가 되어버렸다.

턱!

레이나도 읽던 책을 덮더니 번쩍 집어 들어 아공간을 열어서 그대로 집어넣었다.

―가자.

"그래."

마나의 적응을 한 마스터와 마법의 술식을 독특하게 바꿔서 자신만의 마법의 경지를 만든 레이나에게 지구의 생활은 편안하고 안락하지만, 그만큼 자극이 없는 생활이라는 점은 어쩔 수 없었다.

바벨의 탑에서 살기 위한 사투와 함께 대륙에서 마음껏 자신이 가진 능력을 사용해 본 진운에게 지구의 생활은 나쁘진 않았지만 만족스럽지가 않았다.

어차피 차원 이동은 장소에 구애를 받지 않으니 일어난 김에 준비를 시작했다.

저번처럼 갑작스럽게 가는 게 아니라 이번에는 레이나도 미리 생각한 것이 있는지 냉장고와 주방을 뒤적거리면서 무언가 챙기고는 진운의 곁으로 돌아왔다.

"그럼 모험과~ 스릴과~ 낭만이 넘치는 곳으로 갈까?"

—후후훗.

흡사 캠핑을 떠나는 사람처럼 들떠 있는 진운의 모습에 레이나도 웃었다.

레이나가 진운의 손을 잡자, 진운의 웃는 얼굴을 끝으로 그들은 방에서 사라져 버렸다.

*　　*　　*

"이런, 여기는 시간이 그대로 흐르는구나."

—지구만 시간의 흐름이 멈추는 건가 봐.

"아무래도 그래 보이지?"

진운과 레이나가 다시 게티아를 이용해서 차원 이동을 해 돌아온 곳은 마신을 봉인한 방이었다.

그런데 지구로 갈 때와 달리 방의 모습이 많이 바뀌어 있었다.

가구와 소파 등 집기에 하얀 천이 씌워져 있고, 누군가 청소를 한 듯 말끔하게 정돈되어 있었다.

그리고 진운이 나가려고 방문의 손잡이를 돌리는데,

철컥!

일반적으로 문을 잠가도 안에서 열 수 있는 구조가 대부분

인 지구와 달리 대륙의 문은 안이든 밖이든 한번 열쇠로 잠그
면 그 열쇠로만 다시 열 수 있는 방식으로 되어 있었기에 열
수가 없었다.

"그냥 창문으로 나갈까?"

―그래야겠네.

레이나와 진운은 방문을 부숴서라도 나갈까 하다가 더 이
상 이곳에 볼일도 없는데 괜한 흔적을 남기기 싫어서 창문을
열었다.

창문은 그나마 고리로 열고 닫는 방식이라 쉽게 열려 진운
과 레이나가 저택을 빠져나오는 데는 큰 문제가 없었다.

거기다 밤이었기에 그 누구도 그들이 저택을 빠져나가는
것을 알지 못했다.

훌쩍~

저택을 빠져나온 진운은 전에 머물렀던 여관으로 갈까 하
다가 이제는 가봐야 볼일이 없다는 생각에 발길을 돌려 지붕
을 타고 이동하기로 했다.

어차피 이곳에 온 것도 모두 마신을 봉인하기 위해서이지
포란트 왕국의 수도인 페란에 볼일이 있는 건 아니었다.

"멈춰!"

수도로 나가는 문을 검문하던 병사가 진운과 레이나에게
창을 들어 막으면서 잠시 검문을 하긴 했지만 용병패를 보여

주자 별다른 말 없이 그대로 통과시켜 주었다.

수도 페란에 들어올 때와는 달리 나가는 사람들은 검문을 집중적으로 하지 않았다.

그나마 아직 해가 떨어진 지 얼마 되지 않는 시간이라 생각보다 빠르게 진운과 레이나는 수도 페란을 벗어날 수 있었다.

그렇게 벗어난 그들은 무작정 북쪽을 향해 걷기 시작했다.

공부를 하다가 머리도 식힐 겸, 그리고 진운이 대륙에 있는 동안에는 지구에 시간이 흐르지 않는다는 것에 거리낌없이 대륙으로 넘어온 것이다.

물론 한 번에 대륙을 관통하기에는 거리와 시간적으로 애매하기에 틈틈이 이동하기로 했다.

타탁타탁.

수도를 빠져나온 진운과 레이나는 여행자를 위해 만들어 놓은 도로 한쪽에 마련된 공터에 우선 자리를 잡고 모닥불을 피우고는 잠시 쉬기로 했다.

—역시 이곳의 공기가 좋아.

"하긴 여기는 오염될 만한 것이 없으니까."

—그렇지. 지구는 다 좋은데 오염이 심해서 문제야.

레이나도 오염된 공기 때문에 마법을 사용할 때마다 자신의 마나를 반밖에 사용할 수 없다는 것에 불만이 있는 듯했다.

"그보다 이대로 걸어서 움직이면 얼마나 걸릴까?"

솔직히 교통수단이 많은 지구에서 살던 진운은 걸어서 대륙의 남쪽 끝에서 북쪽 끝까지 관통하는 여행의 기간이 얼마나 걸릴지 짐작도 되지 않기에 레이나에게 물었다.

—음…….

잠시 생각하던 레이나는,

—아마 3개월 정도? 이대로 계속 걸어서 간다면 말이야. 하지만 말이라도 구해서 탄다면… 아차!!

"아차!!"

레이나는 말하다가 갑자기 벌떡 일어섰고, 진운도 레이나의 말을 듣다가 자리에서 벌떡 일어섰다.

"여관에 말을 두고 왔구나."

—아, 깜빡했다.

마신을 봉인하자마자 곧바로 지구로 귀환했기에 다시 돌아온 진운과 레이나는 여관에 맡겨놓은 마적들에게 뺏은 말을 까맣게 잊고 있었던 것이다.

하지만 곧 레이나는 자리에 앉으면서,

—필요해?

"음……."

잠시 레이나의 말에 생각하던 진운은 웃으면서 고개를 저었다.

처음부터 말이 필요하다기보다 호기심 반 궁금함 반으로 말을 탔으니 말이다.

거기다 실제로 말을 타보니 자신들이 작정하고 전력으로 걷는 것보다 오히려 느렸기에 굳이 말을 꼭 타야 할 메리트도 없었다.

진운은 이미 말 타는 법을 마스터했기에 이제 와서 다시 페란으로 돌아가 말을 가지고 나오는 수고를 하기도 귀찮았다.

─그럼 잊어버리지, 뭐.

역시나 쿨한 레이나였다. 진운도 씨익 웃으면서 고개를 끄덕였다.

─뭐 먹을래?

레이나는 허공에 손을 뻗더니 자신의 아공간에서 참치 통조림과 작은 냄비 하나, 그리고 라면을 꺼내 들고는 진운에게 물었다.

"레이나, 라면 너무 좋아하는 거 아니야?"

진운은 레이나가 라면을 꺼내 드는 모습에 역시나 하는 생각으로 핀잔 비슷하게 말했지만 레이나는 웃으면서,

─TV를 보니까 야외에서 먹는 라면은 그 어떤 음식보다 맛있고 비교가 불가능하다고 해서 궁금했거든.

"TV가 엘프 하나 버려놨구먼."

지구에서 레이나가 가장 많이 한 것이라면 단연 소설을 읽

는 것이었다. 하지만 그것 못지않게 TV 또한 많이 보았다.

앉은 자리에서 수많은 정보와 영상 매체가 쏟아져 나오는데 그걸 레이나가 마다할 리가 없었으니 말이다.

그중에서도 버라이어티 프로그램을 좋아했는데, 2박 3일이라는 프로그램에서 라면을 먹을 때마다 밖에서 먹는 라면이 그 어떤 것과 비교가 불가능하다는 말을 입버릇처럼 했던 것이다.

그리고 프로그램 MC들이 잘 해먹던 라면이 바로 참치 캔을 넣은 참치 라면이었다.

달그락달그락.

그녀가 아공간에서 코펠과 생수까지 꺼내더니 라면을 끓이는 모습을 옆에서 지켜보고 있던 진운은 왠지 뭔가 이상한 느낌을 받았다.

능숙하게 코펠까지 사용하면서 라면을 끓이는 레이나의 모습과 반대로 정작 지구에서 살다 온 진운은 대충 끼니만 때울 생각이었다.

원래라면 진운이 레이나처럼 행동해야 하는데 어찌 된 일인지 반대가 되어버렸다.

하지만 일부러 끓여주는 라면을 진운이 거부할 리 없었고, 역시나 TV에서 했던 말이 완전히 리액션만은 아닌 듯 확실히 집에서 끼니를 때울 용으로 먹던 라면과 지금 모닥불에 끓인

라면은 맛에서 차이가 있었다.

그렇게 라면을 다 먹고 근처에 물이 흐르는 곳이 없어 어쩔 수 없이 레이나는 생수로 대충 설거지를 해 코펠과 빈 참치 캔을 아공간에 집어넣었다.

그 모습을 본 진운은 빙긋 웃고 말았다.

만족한 듯한 레이나의 얼굴을 보고 있으니 나름 이것도 괜찮다는 생각이 들었기 때문이다.

그렇게 라면도 다 먹고 이제 슬슬 본격적으로 쉬려고 하는데,

저벅저벅.

제법 먼 곳에서 사람의 발소리가 들렸고, 얼마 지나지 않아 그 주인이 모습을 드러냈다.

등에 커다란 짐을 지고 있는 모습을 보니 여행자라기보다는 봇짐장수 같은 느낌이다.

대륙은 지구와 달리 최고의 교통수단이 말이었기에 사람이 직접 짊어지고 이동하는 것이 흔한 풍경이었다.

하지만 봇짐장수라는 사람들이 사라진 지 오래되어 버린 지구에서 온 진운에게는 신선한 광경이었다.

부스럭부스럭.

자신의 덩치만 한 커다란 짐을 지고 온 봇짐장수는 자신의 짐을 진운과 레이나가 자리 잡은 곳에서 적당한 거리에 내려

놓고는 곧장 다가왔다.

"……?"

진운이 봇짐장수가 왜 자신에게 오는지 영문을 몰라 하는 것과 달리 레이나는 입가에 미소를 짓더니 모닥불에 손을 뻗어 불이 붙어 있는 장작 하나를 꺼내 들고는 일어서 봇짐장수를 맞이했다.

"불을 나눴으면 합니다."

봇짐장수가 레이나에게 말하자 레이나는,

―따뜻함이 오래가시기를 바랍니다.

라고 하면서 손에 들고 있던 불붙은 장작을 봇짐장수에게 넘겨주었다.

장작을 넘겨받은 봇짐장수는 그대로 자신의 짐이 있는 곳으로 가더니 능숙하게 땔감을 구해 와서는 불을 피웠다.

레이나에게서 넘겨받은 불 덕분에 모닥불을 피우는 데 그리 오래 걸리지도 않았다.

"뭐야, 그건?"

진운은 봇짐장수와 레이나가 나눈 대화가 마치 정해진 암호 같은 느낌을 받았기에 물었다.

―전통 같은 거야.

"전통?"

―응. 이곳은 지구와 달리 어디로 이동하기 위해서는 걸어

가야 하기 때문에 웬만큼 가까운 곳이 아니고는 필수적으로 야영을 해야 해.

그거야 진운도 지금 하고 있으니 충분히 알고 있다.

―그리고 조금 전에 본 것은 야영을 할 때 먼저 자리 잡은 사람이 있다면 거의 필수적으로 하는 행동이기도 하고.

"음……."

분명 불을 나눠 주는 것이 나쁜 일이 아니다.

하지만 진운이 불을 넘겨주는 레이나와 봇짐장수를 보고 느낀 것은 일반적으로 불만을 나누는 게 아니라 그 외에도 여러 가지 복합적인 면이 있는 듯했다.

아무래도 마나의 적응을 끝낸 진운이기에 분위기만으로도 뭔가 다르다는 것을 느낀 것이다.

―일종의 탐색이기도 해.

"탐색?"

―후훗. 진운은 처음이겠구나, 이런 경험이.

"뭐… 그야 난 캠핑이라면 텐트에 야영지에서 바비큐 먹는 그런 정도니까."

―후후훗, 진운이 저 봇짐장수의 입장이 되어서 생각해 봐. 여행을 위해 가는 길에 해가 떨어져서 야영을 해야 해. 하지만 이미 선객이 있는 상황이야. 그렇다면 가장 먼저 뭐가 생각나?

“······.”

　사실 진운은 레이나의 말을 듣고 잠시 생각해 보았지만 역시나 딱히 생각나는 것이 없었다.

　하지만 레이나의 웃는 얼굴을 가만히 보던 진운은 그제야 알았다는 듯 입가에 미소를 띠었다.

　—맞아. 봇짐장수 입장에서는 먼저 자리 잡은 우리가 적인지 아닌지를 판단해야 하는 거야. 지구처럼 치안이 잘 되어 있는 곳이 아니거든. 특히나 상단이라면 몰라도 저 사람처럼 혼자서 짐을 지고 움직인다면 그 무엇보다 자신의 안전이 최우선되어야 해.

　레이나의 말을 들은 진운은 불붙은 장작 하나를 얻기 위해 온 것치고는 봇짐장수의 눈빛이 왜 그렇게 날카로웠는지 그제야 이해가 되었다.

　사실 재수없게 도적들을 만나 죽임을 당해, 사람이 잘 다니지 않는 야산에 묻혀 버리면 절대로 찾지 못할 테니 말이다.

　지구에서도 사실 살인을 하고 산에 파묻어 버리면 쉽게 찾지 못하는데 이곳 대륙이라면 아마 시체가 흙으로 돌아가도 찾지 못할 것이 뻔했다.

　“그럼 아까 나눴던 대화가……?”

　—내가 했던 ‘따뜻함이 오래가시길 바랍니다’ 하는 대답은 같은 여행객이라는 표시이기도 해. 거기다 여자인 내가 있

기에 바로 안심한 것 같기도 하고.

실제로 대륙에서는 여성이 여행을 하는 경우가 드물었다.

그러다 보니 진운이 아닌 레이나가 일어선 것에 나름 안심을 한 모양이다.

그리고 지금까지 레이나의 말을 증명이라도 하듯 봇짐장수는 진운과 레이나가 잘 보이는 곳에 자리를 잡은 상태이기도 했다.

"은근히 복잡하구나. 겨우 야영을 하는데도."

진운의 입장에서는 번거롭고 귀찮은 일일지도 몰랐다.

마스터에 오른 진운에게는 아무것도 아닐 수도 있지만 일반적인 사람에게는 자신의 목숨이 왔다 갔다 하는 일이니만큼 절대로 소홀히 할 수 없을 것이다.

다그닥다그닥.

"또 오는군."

봇짐장수가 자리 잡은 지 얼마 지나지 않았는데 다시 진운의 귓가에 발소리가 들렸다.

이번에는 사람의 발소리가 아니라 말발굽 소리가 요란하게 들렸다.

—대부분 이곳에서 쉬어가는 편이니까.

마나의 힘과 엘프의 능력으로 빠르게 이동했던 진운과 레이나와 달리 일반적인 사람들은 아침에 출발해야 겨우 이곳,

여행자를 위해 만들어진 야영지에 도착할 수 있는 거리였다.

그렇다 보니 수도 페란을 나와 여행을 하든 상행을 하든 이곳에서 쉴 수밖에 없는 것이다.

"……?"

발소리가 제법 가까이 들렸을 무렵 열 명의 사람이 모습을 드러냈다.

우선 다섯 명은 어깨와 가슴 부분을 보호하는 간단한 레더 아머를 입은 모습이 누가 봐도 용병이었고, 그들 뒤로 작은 마차 하나와 용병과 달리 상체를 완전히 감싸고 있는 갑옷을 입고 있는 모습의 기사가 다섯 명이었다.

아직 마차에는 누가 있는지는 모르지만 마차의 모습만 봐도 귀족인 것을 알 수 있었다.

하지만 귀족이라도 야영지의 전통은 어쩔 수 없는지 일행 중 용병 하나가 봇짐장수에게 가서 레이나와 했던 것처럼 이야기를 하고는 불을 나눠 받았다.

그런데 거기서 그치지 않고 진운과 레이나에게도 다가왔다.

"불을 나눴으면 합니다."

이번에도 레이나가 일어서 용병에게 가더니 모닥불에서 불붙은 장작 하나를 꺼내 건네주면서,

—따뜻한 온기가 오래가기를 바랍니다.

라고 대답한 것이다.

그 모습에 진운은 소설에서 보던 귀족이라는 녀석들의 행태가 확실히 과장되어 있다는 것을 알았다.

진운이 읽었던 소설에 나오는 귀족들은 이럴 경우 거들먹거리며 먼저 와 있는 여행자를 쫓아내거나 종 취급했다.

레이나와 같은 미모의 여성이 있다면 하룻밤 노리개로 삼으려 힘으로 빼앗는 레퍼토리도 기본 클리셰다.

하지만 실제로 진운이 야영 중 처음 만난 귀족으로 보이는 자는 전혀 그렇지 않았다.

오히려 진운과 레이나를 비롯해 먼저 와 있던 봇짐장수에게도 크게 방해가 되지 않을 만큼 멀찍이 떨어져 자리를 잡은 것이다.

―왜?

진운이 귀족의 마차에 신경 쓰는 듯하자 레이나가 물었다.

"아니, 그냥 소설은 결국 소설이구나 싶어서 말이야."

―아……!

레이나도 지구에 있는 동안 한국형 판타지를 제법 읽었기에 진운의 말을 이해를 하고는 웃었다.

―노블리스 오블리제, 이건 대륙의 귀족이라면 대부분 지키는 편이야.

진운도 익숙한 단어이다.

　귀족이 자신의 권리와 부를 누리기 위해서는 필히 지켜야 하는 것이 바로 노블리스 오블리제다.

　특히나 귀족의 희생이 커다란 부분을 차지하는 노블리스 오블리제는 이야기 속에 단골 소재로 나온다.

　하지만 그걸 실제로 지키는 경우가 거의 없는 게 지구의 역사이기도 하기에 진운은 놀라고 있는 것이다.

　―그렇게 놀랄 것 없어. 포란트 왕국 같은 신생 귀족이 아니라 아르돈 제국의 혈족 귀족이니 노블리스 오블리제를 지키는 것뿐이니까.

　"응?"

　방금 말에 진운이 고개를 갸웃거리자,

　―음, 뭐, 쉽게 이야기하자면… 역사의 차이랄까?

　"역사라니?"

　―아르돈 제국이나 카르돈 제국, 그리고 샤프란 왕국 같은 경우는 그 역사가 엄청 길어. 드래곤의 지배를 받고 있을 때도 있던 국가니까, 아마 최소 1,000년은 넘을걸. 하지만 방금 우리가 지나온 포란트 왕국은 역사가 겨우 200년밖에 안 된 신생 왕국이야. 당연히 신생 왕국의 귀족 또한 갑자기 귀족이 된 경우가 대부분이지. 그런 사람들에게 노블리스 오블리제라는 것이 머릿속에 있을 리가 없잖아?

　지금 레이나의 말을 들어보면 귀족이라는 자부심이 이미

몇 대에 걸쳐 내려오면서 뿌리 깊이 자리 잡았기에 이런 야영지에서도 귀족으로서의 최소한의 예절을 지킨다는 말이다.

그 말은 들은 진운은 피식 웃었다.

솔직히 방금 그 말은 자신이 살던 지구의 대한민국에서도 비슷하게 일어나고 있는 일이니 말이다.

한마디로 신생 귀족은 벼락부자이고 혈족 귀족은 대를 이어서 그룹이나 회사를 이어받은 사람이라는 것이다.

사실 하는 짓도 비슷하기는 했다.

그리고 또 다른 특이한 점이 있었다.

마차 안에서 메이드복을 입은 여자 한 명이 나오더니 모닥불에서 뭔가 분주하게 만들어 기사들에게 요리를 나눠주고, 나머지는 마차 안으로 가지고 들어가 버렸다.

그 과정에서 용병들에게 양해를 구한다거나, 혹은 용병이 먼저 흥미를 표하는 모습은 일절 없었다. 일행이긴 하지만 마치 벽이라도 쳐진 듯한 분위기였다.

─용병은 의뢰를 시행하는 동안에는 자신의 몫은 철저하게 자신이 직접 챙기는 게 불문율이야.

레이나의 설명에 뭐 대충 이해는 가지만 나눠 먹는 것을 하나의 미덕으로 알고 있는 한국에서 자란 진운이 보기에는 매정해 보이기도 했다.

그런데 이런 것도 다 이유가 있다는 것이다.

용병이라는 게 돈으로 고용되다 보니 고용주에 대해서 믿음이라는 게 있을 리가 없었다.

거기다 간혹 가다가 일이 끝나갈 때쯤 고용주가 용병을 죽이는 경우도 있었다.

물론 용병 길드에서 알게 되면 아무리 귀족이라도 결코 무사할 수 없겠지만 증거를 남길 리도 없거니와 죽은 자는 말이 없는 법이기에 찾아내는 것도 거의 불가능했던 것이다.

그러다 보니 용병들도 돈도 돈이지만 먼저 살아남아야 했다.

그래서 하나둘씩 스스로를 보호하고자 번거롭더라도 자기 것은 자기가 챙기게 되었고, 그게 점점 시간이 지남에 따라 용병으로서 꼭 지켜야 하는 상식 중의 하나가 되어버렸다.

지금에 와서는 모든 용병에게는 불문율과 같았다.

"복잡하구나, 여기도."

진운은 대륙이기에 어느 정도 단순하면서도 편안할 줄 알았다.

하지만 실상을 알아보니 이건 지구의 복잡한 생활에 비해서는 적은 편이긴 했지만 야영 하나를 하는데도 서로 약속되어 있는 규칙이 있었고, 용병들도 살아남기 위해서 자신들만의 규칙을 만들어 행해야 했다.

그런 모습을 보고는 한 가지만은 확실하게 깨닫게 되었다.

"사람 사는 게 결국 지구나 여기나 똑같네."

외형적으로 다를 순 있지만 본질은 같았다.

―후후훗, 그래도 지구보다는 편하잖아.

"뭐, 그렇긴 하지."

진운은 별것 아니라고 생각했던 야영지에서 이곳도 결코 단순하진 않다는 것을 배우고는 잠들었다.

레이나가 말하길, 귀족이 야영지에 쉬는 경우는 잘 없지만 일단 야영지에 귀족의 일행이 있다면 마음 놓고 쉬어도 된다는 것이다.

용병과 기사들이 알아서 불침번을 서기 때문에 주변 경계에 힘을 쓰지 않아도 되었다. 봇짐장수도 익숙하다는 듯 내일을 위해서 일찍 잠들자, 진운도 로브를 이불 삼아 누웠다.

만약에 저 귀족 일행이 진운이 마스터이고 레이나가 하이엘프라는 것을 알았다면 불침번을 서는 번거로운 짓은 하지 않았을 것이다.

이 세상에 마스터의 감각을 속이고 다가올 수 있는 존재는 없었기에 한마디로 지금 저들은 쓸데없는 데에 힘을 낭비하는 중이다. 물론 진운과 레이나가 그런 사실을 알릴 이유는 없었다.

Chapter 03 검은 그림자

"이슬이 내렸네."

로브의 모자를 손으로 슬쩍 밀어 넘기면서 눈을 뜬 진운은 손에서 느껴지는 차가운 느낌에 고개를 들었다.

로브 전체에 마치 작은 보석이 반짝이듯 이슬이 앉아 있었다.

일반적인 이슬이라면 당연히 로브에 스며들어 축축한 느낌을 줘야 하겠지만 진운이 덮고 있는 것은 엘프의 로브다.

방수 능력 하나만큼은 비옷으로 써도 될 만큼 확실하니 이슬이 스며들지 못하고 겉에 맺혀 있는 것이다.

진운이 한번 가볍게 털어버리자,

후두득후드득.

마치 물을 뿌리듯 이슬이 사방으로 떨어져 나가 버렸고, 로브는 처음과 똑같은 상태로 돌아왔다.

—벌써 일어난 거야?

진운이 로브를 터는 소리에 깨었는지 레이나도 일어나더니 진운과 같이 로브를 가볍게 몇 번 털고는 다시 걸쳤다.

—아침 먹을까?

"음… 아니. 그냥 가자."

레이나가 뭔가를 꺼내려고 했지만 진운이 몸을 먼저 일으켰다.

이런 곳에서 시간을 지체할 생각도 없긴 했지만, 진운에게는 더 신경 쓰이는 점이 생겨 버렸다.

조금 전 레이나가 로브를 벗은 모습을 보인 뒤 귀족의 호위로 있던 용병들의 시선이 자꾸 그녀를 향한 것이다.

그래서 서둘러 떠나는 편이 좋으리라 여겼다.

—아침도 안 먹고?

레이나가 진운의 말에 설마 일어나자마자 바로 떠나느냐는 눈빛으로 바라보자 진운은 고개를 끄덕이면서,

"여기서 늦장 피울수록 고향으로 가는 시간은 늦어질 뿐이야. 안 그래?"

―하긴 그렇지.

진운의 말이 틀린 건 아니기에 레이나도 이동하려고 하는데 순간 레이나의 걸음이 멈추더니 슬쩍 곁눈질로 용병을 쳐다봤다.

"눈치챘어?"

진운이 슬쩍 레이나 옆으로 와 말하자,

―그러게. 내가 너무 마음을 놓고 있었나 보네.

"별일이야 있겠어? 우린 이대로 떠나면 그뿐이야."

―하긴.

레이나는 귀족의 호위를 하고 있다는 것에 마음을 놓고 있었다고 생각했다.

어제는 로브를 걸치고 모자도 쓰고 있었기에 레이나가 여자란 것은 알고 있었지만 크게 관심이 없는 듯했다.

하지만 아침에 일어난 레이나는 로브에 내려앉은 이슬을 털기 위해 로브를 벗었고, 레이나의 진정한 외모가 드러나자 노골적으로 관심을 보이는 모습이다.

사실 페란에서도 레이나의 외모 때문에 용병단과 약간의 마찰이 있었으니 진운은 차라리 일찍 떠나야겠다고 생각한 것이다.

귀족을 호위하는 임무를 띠고 있고 귀족의 기사가 있으니 별일이야 생기진 않겠지만 왠지 진운은 용병들이 레이나를 쳐다보는 느끼하면서도 끈적끈적한 시선이 싫었다.

턱턱.

진운은 흙으로 모닥불을 덮어버리고 나서 곧바로 야영지를 벗어났다.

더 이상 야영지가 보이지 않는 곳에 오고 나서야 진운과 레이나는 대충 아침을 먹을 수가 있었다.

그러다 문득 진운은 자신의 손에 있는 게티아를 보고는 한숨을 내쉬면서,

"순간이동만 사용할 수 있다면… 벌써 레이나가 살던 마을에 도착했을 텐데 말이야."

―후후훗, 괜찮아. 어쩔 수 없는 걸, 뭐.

사실 순간이동을 할 수 있는 진운이 이렇게 대륙을 걸어서 이동하는 것은 참으로 이해가 안 가는 모습이다.

하지만 이건 순간이동을 하지 않는 게 아니라 못하는 것이었다.

처음 절망의 평야를 지날 때 진운은 순간이동을 해서 가려고 마음먹고 레이나에게 이야기했는데 돌아온 대답은 불가능하다는 것이었다.

현재 대륙에서 순간이동 마법은 차원 마법으로 분류되어, 고차원 마법 중의 하나로 인식되어 있었다.

실제로 순간이동 마법을 사용하는 마법사도 없었고 말

이다.

드래곤의 지배가 끝나면서 인간들의 마법은 진화가 멈춰버렸다고 한다.

실제로 드래곤의 지배를 받았을 때는 아주 가끔이긴 하지만 순간이동을 사용할 수 있는 마법사가 간혹 있긴 했다.

하지만 드래곤의 지배가 끝나고 대륙의 주인이 드래곤에서 인간으로 바뀌면서 고차원 마법은 자취를 감춰 버렸다고 한다.

차원 마법 자체가 원래 드래곤이 인간에게 전해준 마법이라 그런지, 아니면 다른 이유가 있는지는 모르지만 드래곤이 사라지면서 많은 마법이 함께 사라져 버린 것이다.

그러다 보니 많이 알려져 있고 익히고 있는 사람이 많은 마법을 제외하고는 다수의 마법이 실전되었다.

즉, 마법의 수준이 내려가서 공간 이동(텔레포트 마법)을 쓰는 마법사가 없으니 당연히 공간 이동에 필요한 좌표가 없었다.

공간과 공간을 강제로 접어서 이동하는 방식이라 좌표가 없이 이동하는 것은 한마디로 자살 행위나 다름없기에 레이나는 딱 잘라서 불가능하다고 했다.

그럼 지구에서는 왜 그게 가능했냐고 진운이 묻자 레이나는 너무나 당연하다는 듯,

─그렇게 정밀한 지도가 있는데 좌표를 못 구하면 내가 마법사라는 이름을 버려야지.

라고 하면서 오히려 왜 당연한 걸 묻느냐고 하자 진운은 입을 다물었다.

한마디로 대륙에서도 공간 이동을 사용할 수는 있다. 하지만 진운은 좌표를 계산하지 못한다.

그럼 당연히 레이나가 해야 하는데 지구에서는 마음만 먹으면 얼마든지 정밀한 지도를 구해서 좌표를 계산할 수 있는 반면, 이곳 대륙에서는 지도라는 것이 지구와 달리 그냥 길 안내하는 수준인 것이다.

위도, 경도 등의 개념은커녕, 미터 같은 단위법도 지도에 적용되어 있지 않다.

거리를 이야기할 때도 걷는 거리, 말을 타고 가는 거리 등의 주먹구구식으로 계산하니, 애초에 정확한 좌표를 구하는 것은 불가능했다.

그래서 지금 레이나와 진운은 공간이동이 가능함에도 어쩔 수 없이 걸어서 이동하는 중인 것이다.

그렇게 둘이서 오순도순 이야기를 나누며 걷다 보니, 제법 먼 거리에 있는 또 다른 야영지에 도달했다.

"오늘은 여기서 쉬자."

─그래.

그렇게 자리를 잡고 있는데 뜻밖의, 아니, 어쩌면 그럴 수밖에 없는 만남이 이루어졌다.

어제 만났던 귀족 일행이 야영지에 나타난 것이다.

길이 하나밖에 없기에 진운은 일부러 중간에 야영지 하나를 건너뛴 것인데도 이들과 만나게 되자 한숨부터 나왔다.

어제와 달리 먼저 아는 척을 하며 용병 하나가 선뜻 그들에게 다가왔다.

"또 뵙는군요."

—그러네요.

어제와는 달리 서로 안면이 있기에 별다른 말 없이 레이나는 불붙은 장작을 나눠 주었고, 용병은 그것을 받아갔다.

어느 정도 정리가 끝나자 역시나 진운의 예상대로 용병 중 하나가 다가왔다.

"이것도 인연인데 통성명은 하죠. 난 발크라고 합니다."

친근하게 웃으면서 다가온 발크는 아주 부드럽게 말하고 있지만 눈동자가 레이나에게 고정되어 있는 것을 진운이 모를 리가 없었다.

물론 당사자인 레이나가 그럴 모를 리는 더더욱 없었고 말이다.

—레이나예요.

"진운입니다."

“오~ 레이나 양이셨군요.”

노골적으로 진운은 무시하고 레이나의 이름만 말하면서 리액션을 취하는 모습에 진운은 보이지 않게 웃어버렸다.

사실 지금 발크의 행동은 무례하다면 무례할 수도 있는 행동이다.

의뢰를 수행하는 와중에 처음 보는 외부인과 접촉하는 것은 아무래도 위험부담이 있는 일이다. 때문에 용병들은 최대한 그런 사태를 자제한다.

하지만 이미 어제 만나 안면을 익힌 상태이기에 조금 애매해져 버린 것이다.

그때,

벌떡!!

발크의 태도에 미묘한 웃음을 짓고 있던 진운이 갑자기 자리에서 일어났다. 그의 얼굴에는 좀 전과 다른 긴장감이 감돌고 있었다.

그의 시선이 야영지 주변의 어둠을 훑었다.

“하나… 다섯… 여덟… 열 명이네.”

―……!

진운의 말에 레이나도 발크를 무시하고는 일어섰다.

―여행자? 아니면…….

레이나는 야영지의 특성상 여행자가 많이 오가는 곳이라

혹시나 하는 생각에 묻긴 했지만 여행자 따위에 진운이 자리에서 벌떡 일어서진 않을 것이다.

"적이야. 은밀하게… 뒤쪽 숲에서 다가오는데?"

―우린 아니겠지?

사실 진운과 레이나가 이곳에서 추적을 받을 만큼 누군가에게 원한을 산 적이 한 번 있긴 했다.

잘난 척하는 기사 하나를 진운이 주먹 한 방에 병신으로 만들었으니 말이다.

하지만 진운의 이름조차 모르는데 어떻게 추적해 온단 말인가?

거기다 진운과 레이나는 지구에 있다가 왔기에 추적 자체가 불가능했다.

그럼 지금 피 냄새를 풍기면서 다가오는 열 명의 불청객이 볼일이 있는 사람들은 저기 보이는 귀족뿐이다.

레이나는 갑자기 자신을 무시하고 주변을 살피는 레이나와 진운의 모습에 어리둥절해 있는 발크를 향해,

―어째신이에요.

한마디 하자 능글거리던 발크의 눈동자가 순식간에 날카롭게 변했다.

그리고는 곧바로 일어나 일행이 있는 곳으로 달려갔다.

―진운은 어쩔 거야?

레이나도 마법으로 탐지를 해본 결과 조직적으로 훈련받은 듯한 움직임을 보이는 녀석들을 주변에서 포착했다.

그 행동에서 어쌔신이라고 확신했기에 진문에게 의견을 물었다.

"덤비면… 뭐……."

말끝을 흐리긴 했지만 한마디로 상관하지 않겠다는 뜻이다.

물론 자신에게 덤비지 않는다면 말이다.

레이나는 진운이 움직이지 않으니 자신도 굳이 움직일 필요성을 느끼지 않았다. 하지만 아공간에서 검을 하나 꺼내 진운에게 주었다.

맨손이라도 상관없지만 그래도 어쌔신이라면 독을 비롯해 생각지 못한 방법으로 공격할 수 있으니 최소한 검이라도 있어야 한다 여긴 것이다.

철커덕! 척척척척!

발크가 일행에게 돌아간 지 얼마 지나지 않아 마차 주변이 시끄러워졌다.

용병들이 우선 가장 바깥쪽에 무기를 꺼내 들고 자리를 잡았고, 바로 뒤에 기사 네 명이 앞뒤를 비롯해 양쪽 옆에 섰으며, 남은 한 명의 기사는 마부석에 앉았다.

―여차하면 바로 마차를 몰고 튈 생각인가 보네.

레이나가 기사가 마부석에 앉아 있는 것을 보고 말하자 진운도 고개를 끄덕였다.

—하지만 대놓고 이렇게 보고 있으면 귀찮은 일이 벌어지겠지?

레이나는 아무래도 이렇게 눈에 보이는 곳에서 구경하고 있으면 어쌔신이라도 자신들을 모른 체할 리가 없다는 생각에 마나를 활성화시켜 손바닥에 마법진을 만들어냈다.

—카모폴라쥬(Camouglage).

그녀가 마법을 실행했다.

그러자 진운과 레이나의 모습이 갑자기 흐릿해지더니 천천히 주변과 동화되기 시작했다.

곧바로 옆에 있어도 찾지 못할 만큼 완전히 주변에 동화되었다.

용병들도 어쌔신이 온다는 것에 긴장하고 있어서 레이나와 진운이 사라지는 것도 전혀 눈치채지 못했다.

그렇게 몇 분이 지났을까?

팅!!

갑자기 용병 하나가 허공에 대고 자신의 검을 빠르게 휘둘렀다.

용병이 휘두른 검에 무언가 맞은 듯 짧은 스파크를 일으키더니 허공에 잠시 떠 있던 것이 땅에 떨어졌다.

“단검이다!!”

용병은 자신이 쳐 낸 것이 단검이라는 것을 확인하고는 일부러 크게 소리쳤다.

용병의 목소리가 마치 신호라도 되는 듯 고요하기만 하던 야영장은 순식간에 아수라장이 되어버렸다.

화려하진 않지만 영화는 비교 자체가 불가능할 정도로 엄청난 공방이 오가기 시작했다.

스걱!!

무언가 베이는 소리가 들렸다 싶더니 순식간에 가장 앞에 있던 용병의 손목이 잘려 버렸다.

하지만 용병의 손을 자른 녀석도 곧바로 손이 잘린 용병의 뒤에 있던 기사의 검에 목이 잘려 버렸다.

멋지게 검을 나누고 불꽃 튀는 공방이 오가는 일은 거의 없었다.

오로지 단칼에 죽느냐, 아니면 죽이느냐만 있을 뿐인 모습에 진운은 한눈팔 시간이 없었다.

처음 용병이 단검을 쳐 낸 지 불과 20초도 지나지 않았는데 이미 용병 셋이 죽어버렸고, 어쌔신으로 보이는 녀석들은 다섯 명이나 목이나 허리가 잘린 채 널브러져 있었으니 말이다.

—내가 왜 지구의 액션 영화를 보고 웃었는지 이해되지?

레이나가 마치 TV를 보는 듯 진운에게 말하자 진운은 조용히 고개를 끄덕였다.

철저하게 현실과 상상이 얼마나 다른지 보여주는 전투를 보고 있으니 당연했다.

그리고 그렇게 레이나와 진운이 이야기를 나누는 와중에도 남은 용병 두 명마저 어쌔신의 칼에 죽어버리고, 용병을 죽인 어쌔신 또한 기사의 칼에 단번에 고깃덩어리로 변해 버렸다.

한마디로 서로 한 명이 죽으면 같이 죽는 형상인 것이다.

하지만 결과적으로 어쌔신은 일곱 명이 죽었고 귀족은 용병 다섯 명만 죽은 셈이니 숫자로만 본다면 귀족이 우세했다.

그런데 어째서인지 기사들은 오히려 더 긴장하고 있었다.

─진운 잘 봐. 이제 진짜 본격적인 실력자가 나올 테니까.

"……?"

진운은 레이나의 말이 무슨 뜻인지 몰라 어리둥절하고 있는데 진운의 감각에 걸렸던 열 명의 어쌔신 중 남은 세 명이 드디어 어둠 속에서 모습을 드러냈다.

뒤에 나타난 어쌔신의 모습이 일반적인 어쌔신이라기보다 온몸에 검은색으로 도배한 기사를 보는 것 같은 모습에 진운이 고개를 갸웃거렸다.

─저들이 진짜 실력자야.

"실력자?"

　—응. 뭐, 사실 귀족 암살을 직접 눈으로 보는 경우는 거의 자다가 벼락 맞는 확률이지만 귀족도 암살을 당하긴 하거든.

　레이나의 말이 아니라도 대충 이해는 했다.

　어차피 이곳도 사람 사는 곳이고 어쌔신 자체가 사람을 죽이는 대가로 돈을 받는 녀석들이니 말이다.

　하지만 진운이 알던 것과 너무나 다른 모습에 지금 약간의 괴리감을 느끼고 있기도 했다.

　—처음에 달려들었던 일곱 명의 어쌔신은 한마디로 소모품이야. 최대한 적의 숫자를 줄이기 위한 미끼인 셈이지.

“……”

　레이나의 말에 진운은 할 말을 잃어버렸다.

　그렇다면 단검을 들고 미친 듯 달려들어 용병을 죽이고 죽어버린 어쌔신은 모두 일회용이라는 말이다.

　—진짜 어쌔신은 바로 저 세 명이야. 검은색 갑옷을 입은 걸 보면 아마 검은 그림자라는 녀석들 같은데, 쩝. 잘하면 우리도 나서야 할 거야.

　레이나는 처음 일반적인 어쌔신 녀석들이 나타났을 때는 여유로웠던 반면 마지막 세 명이 나타나자 긴장하기 시작했다.

　그리고 그것을 증명하듯 마차를 노려보던 녀석 중 하나가

갑자기 고개를 휙 돌리더니,

"거기 숨은 쥐새끼도 얼른 모습을 드러내지그래?"

정확하게 진운과 레이나가 있는 방향을 보면서 말하는 것이다.

그러자 레이나는 이렇게 될 줄 알았다는 듯 한숨을 내쉬더니,

―캔슬(Cancel).

자신이 사용한 카모폴라쥬를 바로 없애 버리고는 모습을 드러냈다.

그런데 레이나가 모습을 드러내자 방금 레이나와 진운이 있는 곳을 알아본 검은 그림자 녀석이 놀란 표정을 짓더니,

"이런 곳에서 하이엘프를 보다니……."

한눈에 레이나를 알아본 것이다.

그 모습에 진운도 놀랐다. 진운도 레이나가 스스로 말하기 전까지는 엘프인지 사람인지 구분하지 못했는데 저 녀석은 한눈에 알아본 것이다.

그런데 레이나도 자신을 알아본 녀석에게,

―뭐, 여행 중이지.

별것 아니라는 듯 대답하자 녀석은 미간을 좁히며 둘을 노려보았다.

"인간과 여행이라……. 하이엘프가 마을을 벗어나다니 별

일이군."

하이엘프의 역할이 마을의 수호에 있기에 처음 수련을 할 때 외에는 엘프 마을을 벗어나지 않는다.

그걸 상대는 너무나 자세하게 알고 있는 것이다.

—그건 내 사정이지 그쪽에서 관여할 일은 아니라고 보는데?

레이나도 상대가 마음에 들지 않는지 말투부터 뾰족하게 바뀌면서 쏘아붙였는데 상대는 도리어 웃으며 대꾸했다.

"뭐… 어떻게 할 거지? 눈을 감을 텐가, 아니면 검을 뽑을 텐가?"

눈을 감고 모른 척할 것이냐, 아니면 검을 뽑고 대항할 것이냐고 묻는 것이다.

사실 녀석도 마법사 하나가 숨어 있는 걸로 생각하고 처음부터 기를 죽일 마음으로 부른 것인데 막상 나타난 녀석이 하이엘프라서 난감한 처지였다.

만약에 하이엘프가 검을 뽑는다면 절대적으로 자신들이 불리하니 말이다.

설마 이곳에서 전투 엘프라는 별명이 있는 하이엘프를 만나게 되리라고는 전혀 예상하지 못하기도 했지만 상대가 자신들을 알고 있는 듯한 말을 던졌으니 이미 경험이 많다는 것을 눈치챈 것이다.

그렇지만 검은 그림자 녀석들은 그냥 물러날 수도 없었다.

이미 미끼로 사용한 일곱 명의 목숨 값은 받아가야 했으니 말이다.

ㅡ진운은 어떻게 할 거야?

레이나가 검은 그림자 녀석의 말에 진운을 보면서 묻자 진운을 바라보는 검은 그림자 녀석의 눈빛이 번뜩였다.

자신들이 알기로 하이엘프는 엘프의 존속과 안전을 위해 태어난 존재로 거의 엘프들 사이에서도 대단한 명령권을 가지고 있었다.

그런데 그런 하이엘프가 누군가에게 양해를 구한다? 있을 수 없는 일인 것이다.

특히나 그 상대가 인간이라는 것은 더더욱 말이다.

갑작스럽게 비중이 높아져 버린 진운과 레이나 때문에 현재의 상황이 또 묘하게 변해 버렸다.

삼파전이 된 것이다.

어느 한쪽도 함부로 움직일 수 없는 상황이다.

특히나 레이나와 진운의 선택에 따라 한쪽이 급격하게 무너질 수도 있으니 주위는 조용했지만 긴장감은 오히려 몇 배로 증가될 수밖에 없었다.

"음……."

진운이 잠시 마차와 검은 그림자 녀석들을 쳐다보고는 조

용히 레이나가 넘겨준 검을 뽑아 들었다. 레이나는 피식 웃으면서,

—동료가 검을 뽑겠다는데 나도 어쩔 수 없지.

진운이 검을 뽑고 레이나도 확인을 시켜주듯 대답하자,

"쳇!!"

결국 안 좋은 쪽으로 일이 흘러가 버렸다는 것이 마음에 들지 않는 듯 검은 그림자 리더가 짧게 혀를 찼다.

"우리를 방해하면 귀찮을 텐데 말이야."

은근히 뽑은 검을 다시 집어넣으라는 압박을 넣었지만 진운은 그런 녀석의 말에 아랑곳하지 않고 검을 아래쪽으로 늘어뜨린 채 천천히 마차를 향해 걸어가기 시작했다.

척!!

마차를 호위하던 기사들도 갑자기 진운이 자신들을 향해서 다가오자 경계를 했지만 그런 것 따위는 진운에게 아무런 상관이 없었다.

"거기, 귀족!"

"……!!"

—……!!

정확하게 마차와 검은 그림자 녀석들 중간에 선 진운이 돌연 마차를 향해 크게 소리치자 말투 때문에 놀란 레이나가 진운을 바라봤다.

"이놈!! 건방지게!!"

그리고 기사들도 진운의 말투에 발끈했는지 눈에 불꽃을 튀면서 소리쳤으나 달려들거나 하진 않았다.

아무래도 지금의 상황에 자신이 자리를 이탈하는 것은 곧 죽음이라는 것을 잘 알고 있는 기사인 듯했다.

하지만 그러거나 말거나 진운은 다시 큰 소리로,

"귀족! 누군지는 모르지만 도와줘, 아니면 말아?"

시건방이 하늘을 찌르고 땅을 가를 만큼 진운의 행동은 인하무인이었고, 그런 진운의 행동에 검은 그림자 녀석들은 기가 막혔다.

대놓고 자신들 앞에서 등을 돌리고 있는 진운의 행동에 할 말을 잃어버린 것이다.

거기다 마치 진운 자신이 나서면 검은 그림자 정도는 아무 것도 아니라는 듯한 저 오만함도 마음에 들지 않았다.

그런데 그때 마차의 문이 열리면서 누군가 밖으로 나왔다.

금발에 아직은 앳된 얼굴, 커다란 눈동자는 마치 사파이어를 보는 듯했고, 이목구비가 뚜렷한 것이 누가 봐도 탄성을 자아내기에 충분한 미모였다.

"아가씨! 위험합니다!"

마부석에 있던 기사가 재빨리 뛰어내려 마차 문을 열고 나

온 사람을 보호하듯 앞서며 막았지만,

"괜찮아요."

그녀는 그런 기사를 옆으로 물리고는 진운을 똑바로 보았
다.

"처음 뵙겠습니다. 아르돈 제국의 제른 백작의 딸 아이린
제른입니다."

양쪽 치맛자락을 살짝 잡아 올리면서 전형적인 귀족의 인
사를 하는 모습에 기사들도 당황했다.

설마 어제 한 번 같은 야영지를 공유했다고 하지만 누군지
도 모르는 진운의 건방진 말에 설마 마차의 영애가 직접 나올
줄은 몰랐던 것이다.

거기다 백작의 딸이다.

아르돈 제국의 백작이라면 그 가문의 역사가 결코 짧지 않
을 테지만 아이린은 진운을 향해 인사하는 것이 한 치의 흐트
러짐도 없었다.

그 모습에 진운은 피식 웃으면서,

"도와줘?"

마치 아랫사람 대하듯 말하자,

"이놈이!! 끝까지!!"

마부석에 앉아 있다가 아이린의 옆으로 내려온 기사는 결
국 참지 못하고,

챙!!

검을 거칠게 뽑아 들고는 진운을 향해 뛰어들려고 했는데,

척!

그런 기사의 앞을 막은 것은 가녀리고 하얗고 작은 아이린의 손이었다.

“아가씨……”

“잠시 기다리세요.”

당창 자신이 죽을지도 모르는 상황인데도 눈동자의 흔들림조차 없는 아이린의 모습에 진운은 과연 아이린의 나이가 몇 살일까 하는, 지금의 상황에 전혀 어울리지 않는 생각을 하는 중이었다.

“저도 이름을 댔으니 그쪽도 알려주셨으면 합니다.”

끝까지 반말하는 진운과 달리 아이린은 공대를 하는 요상한 모습이다.

하지만 반대로 지금 진운이 등지고 있는 검은 그림자 녀석들은 이상하게 일이 꼬여 버렸기에 난감해 미칠 지경이었다.

당창 오만하게 등을 돌리고 서 있는 진운을 베어버리고 싶지만 자신들의 바로 옆에 있는 하이엘프 레이나 때문에 그러지도 저러지도 못하고 있는 것이다.

만약 검은 그림자 녀석들 중에 하나라도 움직여 진운을 공

격하면 그 순간 레이나의 공격을 받아야 할 것이 뻔했다.

그리고 자신들의 목표인 아이린을 보호하고 있는 기사들도 당연히 움직일 것이다.

상황이 이러니 검은 그림자 녀석들은 오히려 레이나와 진운을 불러낸 것을 후회하고 있었다.

왠지 자신들이 모른 척했으면 진운과 레이나도 모른 척했을 것 같은 느낌이 들었으니 말이다.

"진운."

진운이 짧게 자신의 이름을 말하자,

"이놈이!!"

성의없는 진운의 대답에 결국 기사들은 검은 그림자보다 오히려 진운을 더욱 매섭게 노려봤다.

대 아르돈 제국의 백작 가문의 영애에게 아무렇지 않게 반말하는 것도 모자라 마치 선심 쓰듯 도와주겠다는 오만한 진운의 모습에 발끈한 것이다.

레이나도 갑자기 진운이 왜 저렇게 거만하게 행동하는지 모르고 있었다.

진운의 행동은 그만큼 갑작스러운 것이었으니, 진운이 왜 저러는지는 진운 본인 외에는 아무도 모를 것이다.

기사들이 죽일 듯 노려보거나 말거나 진운은 오로지 아이린만 보면서 뒤늦게 고개를 숙여 인사하더니,

"원한다면 뒤의 녀석들을 잡아다가 누가 사주했는지도 알아봐 줄 수 있는데……."

"……!!"

진운의 말에 검은 그림자 녀석들의 몸에서 엄청난 살기가 피어올랐다.

그와 반대로 아이린은 진운을 똑바로 쳐다보다가 입가에 미소를 싱긋 짓더니,

"도와주세요."

단 한 마디만 했다.

그러자 진운은 아이린의 대답을 기다렸다는 듯 입가에 미소를 띠더니 몸을 돌렸다.

그가 검은 그림자 녀석들을 보더니 뽑아 든 검을 그대로 땅에 박아버리고는 양손을 부드럽게 흔들면서,

"맞고 말할래, 아니면 그냥 말할래?"

"이, 이놈이!!"

진운의 행동에 얼마나 당황했는지 검은 그림자 전원이 말을 더듬으며 두 눈을 부릅떴다.

그런데 그러거나 말거나 진운은,

"맞고 말한다니 어쩔 수 없지."

그 말을 기점으로 진운의 모습이 사라져 버렸다.

"헛!!"

아무리 암살에 대한 훈련을 받고 전투력이 강한 검은 그림자라고 하지만 바로 눈앞에서 사람이 갑자기 사라지자 당황할 수밖에 없었다.

사람이 당황하게 되면 당연히 몸이 굳게 마련이다.

일반 사람들처럼 오래도록 굳는 게 아니라 1초 정도의 아주 짧은 시간이지만 진운에게는 그 짧은 시간조차도 남아돌았다.

퍽!! 퍼퍽!!

털썩! 털썩!

정말 짧은 시간에 진운과 검은 그림자의 거리를 생각하면 도저히 있을 수 없는 일이 벌어져 버렸다.

두 명의 검은 그림자가 죽어 있었다.

신체가 이상한 모양으로 꺾여서, 숨이 끊어져 완전 생기를 잃었다.

놀라운 일은 그뿐만이 아니었다.

두 구의 시체 이외에, 한 명 남아 있던 검은 그림자의 정예.

그 녀석은 진운의 손에 목이 잡혀 있었다.

목이 잡힌 채 아무런 반항도 하지 못하고 대롱대롱 허공에 매달려 있었다.

“……!”

“이게 대체……!”

그런 모습을 지켜본 기사들은 턱이 빠지지 않았을지 걱정
될 만큼 입을 크게 벌리고는 한동안 다물 줄을 몰랐다.

"어때? 이놈 하나면 충분하지?"

진운이 웃으면서 아이린을 향해 말하자 아이린은 뒤늦게
놀란 눈동자로 조용히 고개만 끄덕였다.

Chapter 04
강하면 장땡

강한 것이 과연 무엇일까?

대륙 사람들에게 물어보면 그 누구라도 주저없이 말할 것이다.

마스터.

마나의 적응을 한 인간, 초인이라는 칭호가 전혀 어색하지 않은 존재, 이것이 바로 마스터를 설명하는 표현이다.

그리고 아이린은 어쩌면 마스터일지도 모른다는 생각이 드는 사람을 오늘 만나 버렸다.

자신을 암살하기 위해서 온 검은 그림자를 단숨에 제압한

남자, 검은 머리카락에 구릿빛의 피부를 가진 너무나 특이한
외모이지만 잘생겼다.

아무래도 아이린도 여자인지라 잘생긴 것이 가장 먼저 눈
에 들어왔으니 말이다.

그리고 그 강한 남자가 지금 자신 옆에서 본인이 직접 잡은
검은 그림자 녀석을 심문하는 중이다.

딱!!

"크억!!"

솔직히 아이린이 보기에는 마치 장난치는 것처럼 보였지
만 이상하게 당하고 있는 검은 그림자 녀석은 심하게 몸부림
치면서 고통스러워한다.

"말해!"

딱!!

또다시 진운의 손가락이 검은 그림자 녀석의 이마에 작렬
하자,

"크악!!"

마치 손발이 뜯긴 것 같은 고통스러운 비명을 질러댔다.

하긴 지금 아이린이 보기에 진운이 붙잡은 녀석의 이마에
손가락으로 때리는 딱밤이 그리 대단해 보이지는 않을 것이
다.

하지만 마나의 적응을 마치고 마스터에 오르면 일반적인

딱밤이 아닌 무시무시한 고문 기술이 될 수도 있다는 것을 현재 이곳에서 아는 사람은 아마 레이나가 유일하다.

진운은 딱밤을 때릴 때마다 검은 그림자 녀석의 몸에 마나를 강제로 집어넣고 있는 중이다.

그것도 이마를 통해 뇌로 직접 말이다.

사람이 고통을 느끼고 아픔을 느끼는 것은 모두 신경 세포가 뇌로 신호를 전달하기 때문이다.

간단한 예로, 말기 암 환자에게 흔하진 않지만 목 아래쪽의 신경을 절단하는 수술을 하는 경우가 있다.

특히나 고통이 심한 내장 기관에 생기는 암의 경우 진통제가 전혀 소용이 없을 만큼 극심한 고통이 따른다.

그 고통은 일반적인 상식을 완전히 벗어나 환자가 너무나 고통스러워서 자신을 죽여 달라고 자신의 가족이나 친구에게 울면서 하소연하는 경우가 대부분이라고 한다.

그래서 안락사를 해달라고 비는 경우도 흔했다.

하지만 그게 안 되는 경우 어쩔 수 없이 목 아래 신경을 완전히 끊어버려 아예 아픔을 느끼지 못하게 하는 것이다.

사실 사람들이 아픔을 느끼지 못한다면 오히려 좋은 게 아니냐고 생각하겠지만 천만의 말씀이다.

고통을 느끼지 못한다는 것은 엄청난 위험을 안고 살아가는 것이나 다름없다.

어디를 다치고 부딪쳐도 전혀 느끼지 못하는 것이다.

특히나 눈에 보이지 않는 곳이 베여서 출혈이라도 일어날 경우 죽는 순간까지 모르는 경우가 대부분이다.

간혹 유전적 변의로 선천적으로 고통을 느끼지 못하는 사람이 태어나기도 하지만 그런 사람들은 아예 일찍 죽거나 아니면 철저한 보호 속에 살아가는 게 일반적이다.

아무튼 이렇게 고통을 느끼거나 아픔을 느끼는 것은 모두 뇌에서 관장한다.

그런데 지금 진운은 손가락에 마나를 넣어서 직접적으로 뇌에 타격을 주고 있으니 그 고통은 직접 당하는 녀석 외에는 그 누구도 모를 것이다.

물론 진운도 모르고 있었다.

그저 어쌔신이라는 말에 웬만해서는 실토하지 않을 것 같았고, 무식하게 온몸을 때리는 것보다 차라리 뇌에 직접적으로 타격을 주면 보기에도 괜찮을 것 같아서 생각난 김에 한번 실험적으로 해본 것이다.

덕분에 진운의 획기적인 고문법을 실험적으로 당하고 있는 녀석은 정말 죽을 맛이었다.

"끄으으으으윽! 죽여… 줘."

처음 진운이 자신의 이마에 손가락으로 딱밤을 때릴 때는 오히려 코웃음을 쳤다.

아무것도 모르는 애송이라고 말이다.

자신은 검은 그림자 중에서도 귀족만 전문으로 암살하도록 훈련 받았기에 손발이 잘리고 눈앞에서 가족이 찢어져 죽어도 눈 하나 깜빡하지 않을 자신이 있었다.

그런데 딱밤이라니? 정말 코웃음밖에 나오지 않았다.

하지만 한 대 맞고 난 뒤 바로 그런 생각은 머릿속에서 완전히 사라져 버렸다.

마치 온몸을 비틀어 쥐어짜는 듯한 고통은 지금까지 엄청난 훈련으로 단련된 그의 머릿속을 한순간에 하얗게 만들어버릴 정도였으니 설명 자체가 불가능할 지경이다.

딱!!

"끄악!!"

지금까지 이런 식으로 고문하는 녀석도 없었거니와 왜 자신이 이렇게 미치도록 고통을 느끼는지 전혀 모르는 상황에 고통은 점점 공포로 변해가기 시작했다.

"열 방째."

딱!!

"꾸억!!"

열 번째 딱밤을 이마에 맞는 순간 놈은 결국 정신의 끈을 놓아버렸다.

그리고 정신의 끈을 놓는 순간부터 중얼거리기 시작했다.

처음에는 그냥 옹알이하듯이 중얼거렸는데 진운이 질문을 하자 질문에 대답을 제대로 했다.

그걸 확인한 진운은 그제야 일어서면서,

"물어봐."

그리고는 아무 일도 없었다는 듯 원래 있던 곳으로 돌아가더니 로브를 몸에 감싸고 그대로 누워 버리는 진운이었다.

─원래 성격이 저렇진 않은데 말이죠.

레이나마저 진운의 행동에 조용히 따르긴 했지만 검은 그림자 녀석들 때문에 레이나의 정체가 하이엘프라는 것이 드러나 버려서인지 아이린을 비롯해 기사들도 레이나에게는 정중한 모습이다.

전투 엘프라는 별명이 그냥 붙은 게 아니었다.

직접 싸우는 것을 보지는 못했지만 검은 그림자 녀석들이 레이나의 눈치를 보면서 꼼짝도 못하고 그 자리에 있는 것만 보더라도 이미 아이린과 기사들에게는 진운만큼이나 강하다는 인식이 박혀 버렸다.

그렇게 그들과 떨어져 진운의 곁으로 온 레이나는 진운 옆에 슬며시 앉더니,

─안 자는 거 다 알아.

일부러 뾰족한 목소리로 말하자 진운도 로브의 모자를 슬쩍 걷으면서 레이나를 바라봤다. 그런데 그 얼굴에 미소가 그

려져 있었다.

―지금 웃음이 나와? 나 참, 귀족, 그것도 백작의 영애한테 반말로 소리치고. 도대체 왜 그랬어?

다른 건 몰라도 그냥 귀족도 아니고 아르돈 제국의 백작위에 있는 귀족의 영애다.

그 정도면 포란트 왕국의 후작과 맞먹는 권력을 가지고 있다고 해도 과언이 아닌 위치인데 진운은 그런 영애에게 대놓고 거들먹거린 것이다.

엘프의 로브라지만 그냥 보기에는 일반 로브와 다를 바 없는 옷차림에 검은색 머리카락과 검은 눈동자, 그리고 구릿빛 피부가 이색적인 진운의 외모가 확실히 잘생기긴 했지만 그건 어디까지나 겉모습일 뿐이다.

"그냥~"

심드렁하게 대답하는 진운의 모습에 레이나는 작게 한숨을 쉬더니 가만히 진운을 바라봤다.

지구에서와 달리 대륙으로 오기만 하면 진운은 거의 180도 다른 사람으로 변한 듯 거칠어졌다.

그런 모습이 한편으로는 좋기도 하지만 지금처럼 예상도 못할 만큼 당황스러움을 가져다주기도 했다.

그런데 뭔가 생각이 있을 줄 알았던 레이나의 예상과 달리 진운의 대답은 너무나 간단했다.

―그냥이라는 말이 나오니?

씨익~

진운은 레이나의 짜증난 표정에 웃으면서,

"미안해. 그냥 한번 해보고 싶었어. 나도 소설 속의 주인공처럼 거침없이 걸리는 것을 때려 부숴가면서 그 기분이 어떤 건지 느껴보고 싶었거든."

―…….

레이나는 진운의 방금 그 말 한마디에 이제야 왜 대륙에만 오면 진운의 성격이 바뀌는지 제대로 이해하기 시작했다.

레이나에게는 몰라도 진운에게는 철저하게 다른 곳이다.

그것도 자신이 원하면 오고 떠날 수 있는 그런 곳 말이다. 다른 차원의 땅이지만, 이곳에 오는 것은 진운에게 있어서 여행과 같은 것이었다.

언제든지 와서 기분 전환도 하고, 뭔가 새로운 만남이나 이벤트를 기대하면서 부푼 마음을 가지고 떠나는 여행을 하기 위해 진운은 대륙을 오가는 것이다.

조금 늦긴 했지만 진운의 속내를 확실히 알게 된 레이나는 진운의 얼굴로 손을 가져가더니 갑자기 진운의 볼을 꼬집었다.

쫘악!

"아얏!"

갑작스럽게 레이나가 볼을 꼬집자 진운도 놀랐는지 동그랗게 뜬 눈으로 레이나를 바라보았다.

―뭘 잘했다고 그렇게 봐?

"아니… 그냥……."

솔직히 레이나에게는 진운도 미안하기에 그냥 꼬집히는 정도는 상관없었다.

다른 사람은 다 무시할 수 있지만 진운에게 레이나와 소지훈, 그리고 김미영만큼은 가족이나 마찬가지이니까.

―알았어. 나도 진운의 생각을 이제야 대충 이해를 했으니까. 뭐 어차피 진운은 이곳에선 이방인이야. 그 말은 대륙에서는 제약이 없다는 말이기도 하니까 어쩔 수 없지.

진운은 엄연히 대륙의 입장에서 보면 갑자기 하늘에서 뚝 떨어진 사람이나 마찬가지이다.

그의 행동 하나에 대륙이 흔들릴 수도 있고 역사가 바뀔 수도 있었다.

그리고 그 어떤 행동을 해도 진운에게는 제약이 없었다.

다시 지구로 떠나 버리면 되는 것이다.

막말로 진운이 희대의 살인마가 되어서 수천 명, 아니, 수만 명을 죽이더라도 지구로 차원 이동 해서 가버리면 그걸로 땡이다.

이건 생각하기에 따라서 진짜 엄청난 해택이다.

반대로 레이나도 지구로 갔을 때는 진운과 같은 입장으로 변한다.

다만 조화를 기본으로 생각하는 엘프이기에 진운과 같은 과감한 행동은 하지 않겠지만, 전투 엘프라는 별명을 가지고 있는 하이엘프이기에 적당히는 할 것이다.

―나야 다 이해해. 하지만 저들은 어쩔 거야?

레이나야 진운을 얼마든지 이해할 수 있지만 지금 진운이 넘겨준 녀석을 심문하면서 원하는 정보를 캐내고 있는 아이린 일행에게는 참으로 난감하기만 했다.

"뭐… 지들이 아니꼬우면 덤비겠지."

사실 진운은 아이린을 어떻게 해보겠다는 생각도 없었고, 기사들에게 일부러 시비를 건 것도 아니다.

오로지 검은 그림자 녀석들이 마음에 들지 않았을 뿐이다.

일곱 명이나 되는 사람의 목숨을 미끼용으로 사용하면서도 오히려 용병 다섯 명밖에 죽이지 못했다는 것에 짜증나는 듯한 눈빛을 읽은 진운은 그때부터 기분이 상해 있었다.

결과적으로 검은 그림자 녀석들은 진운에게 밉보였기 때문에 저런 꼴을 당하고 있는 것이다.

―진운…….

사실 진운이 조금 과하긴 했지만 아이린에게 가서 사과할 필요는 없었다.

그는 이방인이자 이곳에 얽매이지 않는 존재이니 말이다.

다만 충돌이 일어나지만 않았으면 할 뿐이다.

아까 진운이 했던 반말 때문에 아직도 기사들은 진운을 좋게 보지 않고 있었다.

하지만 그런 레이나의 걱정과 달리 상황은 묘하게 흘러가고 있었다.

"본 경, 그대가 보기에는 어떤가요?"

아이린은 진즉에 진운이 넘겨준 녀석에게서 원하는 정보를 모두 뽑아낸 상태였다.

도대체 어떤 방법을 썼는지 모르겠지만 이미 아이린이 검은 그림자 녀석을 넘겨받았을 때에는 바보가 된 것이나 다름없는 상태였고, 아이린의 질문에 마치 기다렸다는 듯 모든 것을 말해주었으니 오래 걸릴 필요가 없었던 것이다.

그녀는 알고 싶은 정보를 모두 얻은 후 조용히 목을 잘라 땅에 묻어 처리했다.

사실 어느 정도 적의 공격을 예상한 아이린이기에 일부러 기사 다섯 명이 있는 상황에서도 나름 경력이 있는 용병 다섯 명을 더 고용했다.

그리고 진운과 레이나를 쫓아서 온 게 아니라 최대한 빠르게 이동하다 보니 일부러 야영지 하나를 건너뛴 진운과 레이나를 다시 만나게 된 것이다.

알고 보면 아이린과 진운이 만난 것은 정말 우연이 겹친 결과일 뿐이다.

아무리 말이 빠르다고 해도 결과적으로 동물인 이상 지치게 마련이고, 결과적으로 이곳이 마지막 도착지가 될 수밖에 없었던 것이다.

물론 검은 그림자 녀석들도 그걸 알고 쫓아왔겠지만 말이다.

사실 귀족만 전문으로 죽인다는 검은 그림자의 정예가 세 명이나 왔을 줄은 몰랐기에 아이린도 당황하긴 했다.

하지만 역시 핏줄은 속이지 못하는지, 아니면 자신의 목에 칼이 들어와도 결코 흐트러짐을 보여서는 안 된다는 어릴 적부터 받은 교육 때문인지 마차 밖으로 나왔을 때도 겉으로는 결코 동요하는 표정을 내비치지 않았다.

물론 진운의 무력을 보기 전까지는 말이다.

"이런 말씀은 외람되지만… 도저히 측정이 불가능합니다."

"본 경이 직접 보고도 그런가요?"

"네. 순수하게 느낌으로만 말하자면……."

말끝을 슬쩍 흐리는 본 경의 모습에 아이린은 작게 호흡을 고르고는,

"말하세요."

“…마스터가 아닐지 추측할 뿐입니다.”

“……!!”

아이린은 본 경의 말에 많이 놀랐지만 곧 호흡을 가다듬으면서 평소의 표정으로 돌아왔다.

하지만 흥분된 기분까지는 쉽게 가라앉지 않는 듯 양쪽 볼이 살짝 붉게 변해 있었다.

“그가 마스터라고 추측하는 이유라도 있나요?”

귀족의 영애라는 위치에 걸맞게 아이린은 제법 냉정하게 받아들이고 있었다.

“우선 진운이라는 자의 움직임을 아무도 보지 못했다는 겁니다.”

“하긴 그러네요. 하지만 저야… 여자이고 검을 모르지만… 설마 본 경도 보지 못했나요?”

“네. 저를 포함해 그 자리에 있던 전원이 진운이라는 자의 움직임을 완전히 놓쳤습니다. 무엇보다 암살이라면 최고라고 자부하는 검은 그림자 녀석들이 손가락 하나 움직여 보지 못하고 죽었다는 것만 봐도 알 수 있습니다.”

“…….”

아이린은 본 경의 말에 조용히 생각하는 듯하더니,

“마스터이거나 아니면 최소… 마스터에 근접한 자라는 말이군요.”

“네. 제 기사의 명예를 걸고 그건 자신있게 말씀드릴 수 있습니다.”

“알았어요. 우선 쉬세요. 오늘 전투 때문에 피곤할 테니.”

아이린은 격려 차원에서 말했지만 그 말을 들은 본 경은 머쓱했다.

사실 진짜로 힘든 적은 진운이 처리해 버렸고, 시시한 미끼용 어쌔신은 용병들이 몸으로 막아줬기에 피곤할 일이 없었다.

그렇게 본 경을 돌려보낸 아이린이 마차 안으로 다시 들어오자,

“아가씨, 괜찮으신 거죠?”

아이린의 전속 하녀가 호들갑을 떨면서 난리를 쳤다.

하지만 아이린은 그냥 웃으면서,

“괜찮아. 그보다 다리 풀린 건 괜찮아?”

“아가씨도 참…….”

장난스런 아이린의 말에 하녀는 고개를 푹 숙였다.

사실 저택에서 자신의 시중만 들던 하녀이기에 방금과 같이 피가 튀고 목이 잘리는 광경은 생전 처음 봤을 것이다.

거기다 남자가 봐도 기겁을 할 텐데 여자인 하녀가 봤으니 다리에 힘이 풀리지 않는다면 그게 오히려 이상했다.

아이린도 그런 걸로 그녀를 다그칠 생각은 없었다.

그녀는 시중드는 하녀이지 자신을 지키기 위해 있는 기사가 아니니 말이다.

"괜찮아. 나무랄 생각은 없으니까 말이야. 그리고 감사 인사는 해야 할 것 같아서……."

"네?"

그녀가 갑자기 마차의 의자 부분을 집어 들더니 그 속에서 외출용 로브를 꺼냈다.

일반적으로 용병들이나 진운이 입고 있는 평범한 것이 아닌, 아이린의 체형에 딱 맞춘 것으로 적당히 모양이 수놓아져 있는 것으로 명품의 로브가 분명했다.

로브가 오히려 아이린의 외모를 더욱 빛내주는 것 같았다.

끼익~

외투 대용으로 로브를 걸친 아이린은 하녀만 데리고 마차를 나서더니 곧장 진운과 레이나가 있는 곳으로 걸었다

"아가씨!"

뒤늦게 아이린이 움직인 것을 본 본 경은 급히 아이린의 뒤를 따르긴 했지만 다른 기사들에게는 제 위치를 지키도록 손짓으로 알렸다.

이번 습격이 끝이라고 생각할 수 없으니 최소한의 대비는 해야 하기에 본 경 자신만 아이린을 따른 것이다.

"진운이라고 했죠?"

아이린이 다가오는 것을 알고 있었지만 모른 척한 진운과 달리 레이나는 웃으면서 아이린을 맞았다.

─차 한 잔 하실래요?

레이나는 엘프들이 자주 마시는 찻잎을 우려낸 것을 아이린에게 내밀었고, 아이린은 웃으면서 차를 받았다.

"고마워요."

─별말씀을.

하이엘프는 엘프들의 지도자 역할을 하는 것을 아이린도 잘 알고 있기에 귀족을 대하듯 했지만 문제는 진운이었다.

"일이 정리되기까지 시간이 걸렸지만……."

아이린은 말을 하면서 자신의 치마 양끝을 살짝 잡아 올리면서 한쪽 다리를 꼬더니 허리를 숙여 인사했다.

"아르돈 제국의 제른 백작의 딸 아이린 제른이 진운에게 진심으로 감사를 표합니다."

꾸벅~

아이린이 진운에게 귀족들의 예법대로 진심으로 감사하다는 인사를 하자 진운은 앉은 자세 그대로 아이린을 물끄러미 바라보더니,

"됐어. 감사 인사 받으려고 한 게 아니니까."

"이놈이!!"

진운의 퉁명스러운 말에 본 경이 발끈했지만 전과 같이 검

을 뽑는다든가 눈에 불꽃을 튀지는 않았다.

지금 자신이 자칫 실수하는 순간 자신은 물론이거니와 자신이 모시는 아이린까지 위험해질 수 있다는 것을 잘 알고 있으니 최대한 참는 것이다.

하지만 발끈하면서 울분을 삼키는 본 경과 달리 아이린은 진운의 눈동자를 똑바로 마주 보더니,

씽긋~

하고는 웃었다.

그리고 진운이 앉아 있는 맞은편에 아무렇지 않게 엉덩이를 깔고 앉았다.

"아가씨, 어떻게 흙바닥에……. 차라리 이걸 깔고……."

자신이 모시는 아이린이 흙바닥에 앉는 것에 놀란 본 경이 자신의 품에서 손수건을 꺼내 들었다.

"전 괜찮아요."

아이린은 조용히 손을 내밀어 본 경의 손수건을 거부했다.

그리고 다시 진운을 똑바로 마주 보면서,

"마스터이십니까?"

순간 아이린의 질문에 본 경은 한순간 숨이 멈추는 줄 알았다.

설마 직접 대놓고 상대방에게 물어볼 줄은 몰랐으니 말이다.

사실 아이린처럼 이렇게 직접적으로 대놓고 물어보는 것은 귀족의 화법이 아니었다.

은근히 말을 돌리면서 자신이 원하는 방향으로 상대방을 이끄는 것을 좋아하고, 그런 것에서 재미와 함께 우월감을 느끼는 귀족들이 대부분이니 말이다.

제른 백작가에서도 이미 영특하기로는 어릴 때부터 소문난 아이린이다.

오죽하면 백작이 아이린에게 백작위를 물려주겠다고 공공연히 말하고 다니겠는가?

하지만 지금의 상황은 본 경의 입장에서 놀라는 일밖에 할 게 없었다.

그런데 그런 본 경을 더 놀라게 하는 것이 있었으니,

"맞아."

너무나 쉽게 대답하는 진운과,

"역시……."

그걸 너무 쉽게 받아들이는 아이린이다.

그리고 아이린 뒤의 본 경이야 놀라든가 말든가 진운은 오히려 웃으면서,

"금방 알아챘네?"

장난스럽게 대꾸했다.

그 얼굴에는 조금 놀랍다는 감정과 함께 장난기가 그득

했다.

그런 진운의 장난기 가득한 웃음에 아이린도 웃으면서,

"본 경이 알려주더군요. 자신의 명예를 걸고 진운이 마스터라고 말이죠."

"헙!! 아, 아가씨."

갑자기 아이린이 자신의 이름을 거론하자 본 경도 당황했다.

그리고 진운은 잠깐 본 경을 올려다보더니 싱긋 웃으면서,

"듬직하고 믿을 만한 괜찮은 녀석을 기사로 뒀네."

별달리 거창한 평가나 칭찬은 아니지만 아이린은 입가에 함박웃음을 지었다.

"제 목숨을 맡긴 기사를 믿지 않으면 누굴 믿을 수 있겠어요. 안 그런가요?"

말을 하다 갑자기 레이나를 바라보는 아이린의 눈빛에 진운은 피식 웃으면서 그녀는 결코 평범한 귀족가의 영애가 아니라고 확신했다.

사람을 상대함에 있어서 자신의 생각을 강요하지 않는 것부터 이미 아이린은 평범한 귀족이 아니었다.

특히나 진운과 같이 어디로 튈지 모르는 행동을 하는 사람과 이처럼 능숙하게 대화하는 것 자체가 이미 일개 귀족의 영애가 아닌 완전한 한 명의 독립된 귀족으로 보이기에 충분

했다.

“그런데 왜? 감사 인사나 하자고 흙바닥에 앉은 건 아닐 테고. 안 그래?”

“날카로우시네요.”

아이린은 진운의 말에 슬쩍 주변을 보는 듯했지만 실제로 주변을 보기보다는 숨을 고르는 듯한 행동으로 보였다.

“어디까지 가시나요?”

“북쪽.”

밑도 끝도 없이 북쪽이라고만 말하는 진운의 태도에도 아이린은 잠시 생각하는 듯하더니,

“그럼 아르돈 제국을 지나서 가시겠네요?”

“아마?”

처음부터 심드렁한 진운의 행동에도 아이린은 마냥 웃기만 했다.

사실 이 정도면 아무리 고귀한 척하는 귀족이라도 벌써 칼을 빼 들고 난리를 쳤어야 하지만 여전히 평정심을 유지하고 있다.

그렇다고 억지로 참고 있는 것인가?

진운이 보기에 그것도 아니었다.

마나의 적응을 끝내고 감각이 극도로 민감해진 진운은 엘프인 레이나처럼 진실과 거짓을 가려낼 정도의 능력은 없지

만 최소한 상대가 무언가 억누르고 있는지 아닌지 정도는 알
아챌 수 있었다.

그런 진운의 감각에도 아이린의 웃는 얼굴에는 전혀 가식
이 없었던 것이다.

"그럼 아르돈 제국으로 들어가는 동안만이라도 저희와 함
께해 주실 수 있나요?"

대충 예상은 했던 말이다.

하지만 그 말을 들은 진운은 1초의 생각도 하지 않고,

"싫어."

"치잇!"

매몰차게 싫다고 말하는 진운의 말에 아이린은 웃는 얼굴
그대로인 반면 그 뒤에 있는 본 경은 보기 좋게 얼굴이 일그
러져 버렸다.

귀족의 영애가 흙바닥에까지 주저앉아 부탁하는데 그걸
면전에 놓고 단칼에 싫다고 잘라 말하는 진운의 모습이 기사
인 본 경에게 절대로 좋게 보일 수 없었다.

특히나 지금 자신이 모시는 아가씨가 모욕을 당했다고 해
도 될 만큼 진운의 거절은 가차없었으니 말이다.

"역시나……."

그런데 진운이 거절할 것을 알고 있었다는 듯 아이린은 실
망하기보다는 약간 아쉬워할 뿐이다.

상황이 이렇게까지 되자 결국 레이나가 나설 수밖에 없었다.

진운은 지금 무슨 말을 하든 삐딱선을 탈 게 뻔하니 나선 것이다.

본 경이나 아이린의 눈에 진운은 자신의 능력만 믿고 거만하고 오만함의 끝을 보여주는 녀석처럼 보일 테니 말이다.

—저희는 샤프란 왕국까지 갑니다. 제 고향이 거기에 있기 때문이죠.

"아……."

아이린은 레이나의 말을 듣고서야 왜 진운이 북쪽으로 간다고 했는지 한 번에 이해했다.

샤프란 왕국에서 조금 더 북쪽으로 올라가면 대륙에서 유일하게 엘프가 사는 숲이 있었던 것이다.

하이엘프인 레이나가 샤프란 왕국으로 간다면 그 목적은 당연히 하나밖에 없었다.

"귀환이신가요?"

하이엘프들은 인간 세상에서 수련을 마치고 엘프 마을로 돌아가는 전통이 있음을 아이린도 책을 통해 알고 있기에 물었다.

—네.

결과적으로 바벨의 탑에서 나와 다시 돌아가는 것이니 틀린 말은 아닌지라 레이나가 간단하게 대답하자 아이린은 조용히 자리에서 일어났다.

그리고 뜬금없이 진중한 표정을 지은 그녀가 레이나에게 자신의 오른손을 내밀고 왼손을 가슴에 가져가더니,

"그럼 귀환의 동행에 작은 손을 내밀게 허락해 주시겠습니까?"

라고 말했다.

그 말을 들은 레이나가 많이 놀란 표정으로 물었다.

―그대가 어떻게… 그걸 알고 있는 거죠?

오직 엘프와 엘프가 친구로 인정한 자들만 알고 있는 약속의 언어가 아이린의 입에서 튀어나오자 레이나는 많이 놀라워했다.

거기다 저 약속의 언어를 알고 있는 인간은 엘프들의 친구이기도 하기에 웬만한 부탁은 거절할 수도 없었다.

결국 처음부터 아이린은 진운을 설득할 생각이 없었던 것이다.

진운이 아니라 진운과 함께 있는 레이나를 설득할 생각이었고, 진운에게 먼저 말을 건 것은 순수하게 자신들에게 도움을 준 것을 감사하는 마음에서였다.

씨익~

아이린의 입에서 약속의 언어가 나오자 진운은 그제야 입

가에 미소를 띠면서 자리에 벌러덩 누우면서 한마디 했다.

"난 레이나가 하자는 대로 할게."

즉, 진운도 이렇게 될 줄을 알고 있었다는 것이다.

정작 레이나만 지금의 상황이 어떻게 된 건지 어리둥절하다가 진운의 말을 듣고서야 아이린이 진운이 아니라 자신을 설득하기 위해서 왔다는 것을 깨닫고는 미소를 지었다.

지금까지 교활한 인간은 많이 봤지만 아이린처럼 현명하다는 느낌을 받은 인간은 처음이기에 기분이 나쁘다기보다는 조금은 놀라웠다.

―약속의 언어를 알고 있다면… 제가 거절할 수 없다는 것도 알고 있겠군요.

"네."

환하게 웃으면서 대답하는 아이린의 모습에 레이나는 결국,

―숲의 종족으로서 그대의 요청을 받아들입니다.

레이나도 정중하게 일어서더니 아이린이 내민 손을 잡았다.

이걸로 레이나와 진운은 아이린과 함께 아르돈 제국까지 가는 일행에 합류했다.

아이린은 하이엘프인 레이나와 마스터인 진운이라는 든든한 방패막이를 얻을 수가 있었다.

물론 기사들은 갑자기 아이린이 외부인을 일행으로 받아들인 것에 불만이 있는 표정이었지만 어쩌겠는가?

자신들이 모시는 분이 허락했는데 기사가 힘이 있겠는가?

계급이 깡패라고, 위에서 까라면 까야 하는 게 바로 계급 사회의 규칙이었다.

Chapter
05
가
르
침

“그래서, 붙어보고 싶다고?”

아이린과 합류해서 움직인 지 10일쯤 지났을까?

본 경이 저녁 식사를 마치고 난 뒤 쉬고 있는 진운에게 다가오더니 대련을 신청했다.

굳은 표정으로 보면 제법 각오를 한 것 같은데 진운의 입장에서는 심심풀이 몸 풀기도 되지 않을 것 같아서 거절하려고 했다.

하지만,

―재미있겠네. 어차피 할 일도 없잖아?

레이나가 옆에서 바람을 불어넣자 결국 진운도 일어섰다.

둘은 마차를 옆에 두고 평평하게 만들어진 곳에 섰다.

챙~!

본 경은 진운이 서자 바로 검을 뽑아 들고는 자신의 얼굴을 향해 검을 세워 잡더니,

"제른 백자가의 기사 본, 대결을 청합니다."

정말 FM이 뭔지 행동으로 보여주는 본 경의 인사에 진운은 손사래를 쳤다.

"그냥 덤벼."

"무기를 빼십시오."

맨손으로 휘휘 저으면서 덤비라고 하는 진운의 모습에 본 경은 허리에 있는 검을 뽑으라고 다시 말했지만 진운은 오히려 피식거렸다.

"검은 그림자 녀석들도 맨손으로 잡았는데 겨우 대련에 검을 뽑으라고?"

"……."

순간 진운의 말에 할 말을 잃어버린 본이었다.

결국 끝까지 진운이 검을 뽑지 않자 본은 결국 기수식을 취하더니,

"하압!"

짧고 빠르게 기합을 내지르면서 오른발을 내밀었다.

그런데,

"그렇게… 나 이제 공격해요 하며 소리치면 누가 맞아주겠어?"

어느새 본의 옆으로 이동한 진운이 가볍게 손날로 본의 목 뒷덜미를 가볍게 때렸고,

쿵!

애들 장난치듯 살짝 친 것 같은 진운의 행동에 이곳의 기사 중에 가장 강하다는 본은 허무하게 허연 눈동자를 까뒤집으면서 땅바닥에 널브러져 버렸다.

그런데 이 정도로 압도적인 무력을 보여주면 다시는 까불지 않겠지 하는 진운의 생각과는 달리 몇 분 뒤에 깨어난 본은 아예 진운의 옆에 달라붙어서 계속 대련하자고 졸라대기 시작했다.

"아, 진짜… 난 귀찮다니까!!"

오죽하면 진운이 짜증을 내며 본에게 살기까지 뿜어내면서 위협을 했지만 오히려 그럴수록 본의 눈빛은 광기에 번뜩이는 듯했다.

결국 몇 시간의 매달림 끝에 다시 대련을 하게 된 본은 이번에는 지지 않겠다는 듯 다짐한 얼굴로 진운과 마주했다.

그런데,

스윽~!

갑자기 본의 몸이 빠르게 진운에게 쏘아져 나가더니 진운의 가슴을 향해 검을 찔러 넣어버리는 것이다.

착!

물론 진운의 손가락에 막혀서 진운의 옷자락 하나 건드리지 못했지만 말이다.

하지만 진운은 오히려 웃으면서,

"생각보다 빠르게 고쳤군."

"별말씀을."

대련 전에 기합을 지르는 게 별것 아닌 것처럼 보이지만 이건 대단히 나쁜 버릇 중의 하나였다.

기사들은 당연히 대련과 검술을 배우면서 수련을 하게 된다.

그러다 보니 사기를 높이고 마음을 다잡기 위해 거의 대부분이 기합을 내지르게 되는데 이게 한두 번 하다 보면 습관으로 몸에 굳어버린다.

사실 대련에서야 그런 기합 지르기는 크게 문제가 되지 않는다.

하지만 피가 튀고 살을 가르는 실전에서는 완전 다른 문제가 되어버린다.

즉, 상대방에게 '나 이제 너 죽이러 간다. 준비해라' 와 같은 알람 역할밖에 되지 않는다.

물론 본이 마스터에 올라 기합 소리에 살기나 마나를 넣어서 쏘아 보낼 수 있다면 좋은 무기가 되겠지만, 이제 마나를 조금 느끼고 사용할 줄 아는 수준에 머물러 있는 본에게 기합 지르기는 치명적일 만큼 위험한 습관인 것이다.

사실 본은 자존심이 강하고 기사에 대한 자부심이 높은 편이지만 그렇다고 융통성까지 없는 건 아니었다.

아직 마스터의 증거라는 오러 블레이드는 보지도 못했고 마스터 검술은 구경도 못했지만 마스터라고 스스로 인정한 이상 진운이 흘리는 말 한마디까지도 그대로 받아들이고 있는 것이다.

그리고 진운은 조금 전까지 마냥 귀찮았던 본이 방금의 공격으로 조금은 달라 보였다.

아직 누군가를 가르쳐 본 적은 없지만, 그저 충고처럼 한 말을 그대로 받아들여 자신의 것으로 만드는 본의 행동에 그냥 변덕일지도 모르지만 본이 괜찮은 녀석으로 보이기 시작했다.

그리고 그 후로 진운은 본이 대련 신청을 하면 못 이기는 척 몇 번 거절하다가도 곧잘 받아주었다.

처음에는 검으로 대련을 하다가 곧 그래플러 기술까지 사용하면서 진운은 적당히 자신이 아는 본의 약점을 흘리듯 알려주었고, 본은 그 말을 모두 받아들여 자신의 것으로 만들어

버리는 기염을 토했다.

그 결과 아르돈 제국의 초입에 도착했을 때는 본에게 많은 변화가 찾아왔다.

편한 듯하면서도 주변을 보는 눈빛이 날카롭게 변했고, 항상 딱딱하고 굳어 있던 표정도 자연스럽게 변해 있었다.

진운이 '곧게 뻗어 있는 것은 강하지만 그만큼 부러지기도 쉽다'는 말을 하고 난 뒤에 생긴 변화이다.

다만 한 가지 아쉬운 점이라면 어째 가끔씩 본이 진운과 비슷한 행동을 할 때가 있다는 것이다.

특히 진운이 잘하는 톡톡 쏘아대는 듯한 말투를 자신도 모르게 할 때가 있었다.

존경하면 닮는다고 했던가?

아무튼 진운과의 만남은 본에게 나름 커다란 변화를 주었다.

"이제 여기서 헤어져야겠네요."

아이린이 레이나에게 인사하자 레이나도 웃으면서 받아들였다.

어차피 약속의 언어로 약조했던 것은 아르돈 제국까지였으니 말이다.

―가는 길에 숲의 보살핌이 가득하길 빌어요.

"감사합니다."

레이나의 엘프의 인사에 아이린은 조용히 고개 숙여 보였다.

아이린은 진운에게도 눈을 돌렸다.

"감사했어요."

"별로~"

역시나 심드렁한 진운의 대답에 아이린은 웃더니 손을 뻗어 진운의 손을 덥석 잡는 게 아닌가?

"……?"

진운이야 여자가 남자 손을 잡는 게 특별하달 게 없는 지구에서 자랐으니 표정에 변화가 없었지만 그와 달리 레이나와 본은 화들짝 놀랐다.

"만약에 다시 진운과 만난다면 그땐… 친구가 될 수 있을까요?"

사실 같이 동행하면서 가끔이지만 진운의 곁으로 일부러 찾아와서 말동무를 해준 아이린이다.

물론 일방적으로 아이린이 혼자 떠들고 진운은 조용히 듣기만 했을 뿐이지만 말이다.

그리고 아이린 정도의 미녀가 친구가 되어달라는데 솔직히 남자인 진운도 싫진 않았기에,

"이런 말이 있지. 한 번은 우연이고 두 번은 시작이지만 세 번째는 인연이라는……."

진운은 달리 대답하기보다는 살짝 돌려 말했다. 아이린은 그게 무슨 말인지 이해했는지 입가에 활짝 미소를 띠면서,

"먼저 잡은 손을 뿌리치지 않아 고마워요, 진운."

그리고는 조용히 진운의 곁을 벗어나 마차로 올라가는 아이린이었다.

다만 본의 엄청난 눈빛 공격을 받긴 했지만 진운은 왜 그동안 존경의 눈빛을 보내던 녀석이 갑자기 살기등등하게 변했는지 영문을 몰랐다.

"레이나."

—응?

"본 저 녀석 왜 저래?"

아이린이 자신의 손을 잡을 때 본과 함께 레이나도 놀란 것을 기억한 진운이 물어봤지만,

—몰라.

하면서 고개를 돌려 버린 레이나였다.

"뭐야, 도대체. 여자가 남자 손 잡는 게 그렇게 놀랄 일인가?"

사실 진운의 눈에 아이린은 그저 어린애일 뿐이었다.

알고 보니 아이린의 나이는 고작 열여섯 살로 진운과 나이 차가 심하게 나는 것이다.

물론 외국 특유의 발육 상태 때문인지 나올 곳 나오고 들어

갈 곳이 잘 들어간 멋진 몸매를 가지고 있지만 역시나 나이를 아는 순간 이미 진운의 눈에 아이린은 여자가 아니라 어린애일 뿐이었다.

"그보다 이제 돌아갈까?"

—그래.

뭔가 힘이 빠진 듯한 레이나의 목소리였지만 진운은 끝까지 이유를 듣지 못했다.

어쩌겠는가?

말을 안 해주는데 진운이 알 수 있는 방법이 없었다.

"다음에 오면 누구한테 물어봐야겠네. 여자가 남자 손을 먼저 잡는 게 무슨 의미인지 말이야."

무한한 존경의 눈빛을 보내던 본이 살기등등한 눈빛을 보내는 것도 그렇고, 레이나가 왠지 모르게 힘이 빠진 듯한 것도 그렇고, 알 수 없는 것 투성이다.

우선은 이곳에 온 지 오래되었기에 다시 지구로 돌아가지만 나중에 오게 되면 기필코 알아보겠다고 다짐하는 진운이었다.

*　　*　　*

"변한 게 없네."

허공의 갈라진 틈으로 모습을 드러낸 진운과 레이나는 떠나기 전과 전혀 변화가 없는 집안의 모습에 안심하면서도 슬쩍 시계를 쳐다보았다.

—이걸로 확실해졌어. 진운이 대륙으로 차원 이동할 때는 지구의 시간은 멈춰. 하지만 대륙에서 진운이 지구로 다시 차원 이동해서 돌아오더라도 대륙의 시간은 그대로 흐른다는 걸 말이야.

"그러게. 왜 이렇지?"

처음에는 대륙도 시간이 멈추는 줄 알았던 진운과 레이나는 다시 돌아간 대륙이 원래대로 시간이 흐른다는 것을 알고는 조금은 실망했던 것이다.

—어쩌면 진운이 지구의 인간이라서 그럴지도 몰라.

"내가 지구에 살아서?"

—뭐, 정확하게 말하자면 진운의 존재가 지구의 운명에 얽혀 있기 때문이라고 해야겠지.

레이나의 말을 들은 진운은 잠시 생각하는 듯하더니,

"어차피 크게 상관은 없잖아. 결국 대륙으로 갈 때 지구의 시간이 멈춘다면 내가 차원 이동하는 데 제약이 없다는 말과 같으니 말이야."

—하긴 그렇지.

그렇게 차원 이동으로 인한 시간적 괴리를 대충 정리한 뒤 레이나는 자신의 아공간에서 쓰레기를 꺼내더니 분리수거를 하기 시작했다.

그사이 진운은 책상을 어지럽혀 놓은 책을 정리하고는 나름 청소를 했다.

그렇게 청소한 지 얼마나 지났을까?

띠리리리리!!

"여보세요."

[아직도 방에 있니?]

소진훈의 목소리에 진운은 웃으면서 대답했다.

"뭐, 그렇죠 그런데 어쩐 일이에요?"

[바깥바람도 쐴 겸 나와라. 저녁이나 먹게.]

"사주시는 거죠?"

[녀석, 그래, 나와라. 혼자 나오는 못된 짓 하지 말고.]

"후후후. 알았어요. 그럼 어디서 만나요?"

간단하게 만날 곳을 정한 소지훈은 진운과의 오랜만의 통화를 그렇게 마쳤다.

거의 두 달 가까이 집에서 공부만 하다가 대륙으로 갔다 왔으니 소지훈에게는 진운은 여전히 방구석에서 복학 준비하는 복학생으로만 보였을 테니 말이다.

사실 S대가 입학하는 것보다 졸업하는 게 더 힘들다고 알려진 곳이기에 소지훈도 진운이 공부하는 것이 결코 싫진 않왔다.

하지만 젊은 녀석이 두 달 가까이 방에서 공부만 하는 꼴을 가만히 보자니 안타까웠기에 일부러 부른 것이다.

물론 자신이 억지로 복학하도록 설득한 것도 약간 양심에 걸리긴 했다.

"아저씨가 나오라는데? 갈래?"

진운은 방금 대륙에서 돌아왔기에 혹시나 피곤할까 봐 레이나에게 물었는데,

─갈래!

레이나는 오히려 생기발랄한 눈동자로 손에 들고 있던 분리수거용 쓰레기봉투를 거의 던지다시피 하고는 옷을 갈아입으러 방으로 들어갔다.

"여자란 참 알다가도 모르겠어."

방금 대륙에서 넘어오기 전만 해도 풀 죽은 목소리를 내던 레이나가 언제 그랬냐는 듯 생기발랄해졌으니 진운으로서는 여자란 참 알 수 없는 동물로밖에 보이지 않았다.

"갈게요. 어디서… 아, 거기요? 알았어요. 그럼 한 시간 뒤에 봬요."

진운은 간단하게 약속 장소와 시간만 확인하고는 자신도 옷을 갈아입으러 방으로 들어가려는데,

띠리리리리!

“응?”

또 전화다.

오늘따라 전화가 자주 온다고 생각하면서 전화기를 보니 모르는 번호다.

“누구지?”

사실 진운의 현재 인간관계는 레이나, 소지훈, 김미영, 이렇게 세 사람이 전부였다. 그렇기에 누군가에게서 전화가 올 이유가 없었다.

그러다 순간,

“혹시 국정원 녀석들이 눈치챘나?”

사실 거의 완벽하게 신분을 바꿨다고 하지만 아무래도 안심할 수 없기에 모르는 번호로 오는 전화에는 긴장할 수밖에 없었다.

“여보세요.”

진운이 조심스럽게 전화를 받자,

[안녕하십니까, 고객님. 전 신화저축은행의 김미영 팀장입니다.]

“……”

딸각!

인사말만 듣고 진운은 곧바로 전화를 끊어버렸다.

하지만 전화를 끊은 진운은 곧 피식 웃을 수밖에 없었다.

“김미영… 이라는 이름이 제법 흔하구나.”

한순간이지만 김미영 팀장이라는 말을 듣고 떠오른 사람이 바로 소지훈의 아내인 김미영이었으니 말이다.

그리고 나중에 스팸으로 오는 여자들 이름이 전부 다 김미영 팀장이라는 것을 알고 난 뒤 진운은 혼자 크게 웃어버렸다.

따리리리~

“또?”

진운은 방금 스팸 전화를 받았기에 당연히 스팸 전화인 줄 알았다. 그래서 뭐라고 쏘아줄까 하고 생각하며 전화를 받았는데,

[정진운 씨 되십니까?]

라는 여자의 목소리가 들려왔다.

하지만 김미영 팀장이 아닌, 진운의 이름을 정확히 알고 있기에 우선 끊지는 않았다.

“네. 그런데 누구시죠?”

[B&B 엔터테인먼트입니다.]

“아…….”

그제야 김미영이 주고 간 명함이 생각났다.

“그런데 무슨 일이시죠? 그리고 제 전화번호는 어떻게 아셨는지……?”

김미영이 명함을 받아왔으니 알려줄 수도 있지만 그런 말이 없었기에 물어보자,

[소지훈 변호사님을 통해 알게 되었는데, 혹시 기분 나쁘셨다면 우선 사과드리겠어요.]

"아……."

김미영이 아니라 소지훈이라는 말에 우선 진운은 경계심을 풀었다.

소지훈이 자신에게 해가 될 사람에게 연락처를 주지는 않았을 것이라는 믿음 때문이다.

[전화가 아니라 한번 만나서 나누고 싶은 이야기가 있는데 혹시 언제쯤 시간이 되실까요?]

"저를요?"

[네. 정진운 씨를 보고 싶어 하는 사람이 있어서요.]

"음……."

진운은 잠시 생각하더니,

"전 연예계에 관심이 없습니다. 혹시 캐스팅 관련이라면 전 거절합니다만."

애초에 진운은 캐스팅 관련은 싫다고 못을 박아둘 생각으로 조금은 무례하게 생각할지 모르지만 잘라 말했다.

[캐스팅이 아니니 크게 걱정하지 마세요. 저희 쪽에서 정진운 씨를 보고 싶어 하는 분이 있어서 그런 거예요. 한번 그 사

람과 만나서 이야기만 나눠주시면 됩니다.]

"그래요? 뭐, 그럼 그러죠."

굳이 아니라고 하는데 계속 진운이 삐딱하게 나가기도 그래서 우선 만나기로 했다.

사실 연예계로 나갈 생각이 없다 뿐이지 굳이 연예기획사와 으르렁거려서 좋을 게 없으니 말이다.

거기다 지금처럼 인간관계가 극도로 좁은 진운은 웬만하면 사람을 사귀면서 얼굴 붉히는 일은 사양하고 싶은 생각도 어느 정도 작용했다.

—안 가?

진운이 그렇게 전화를 받는 사이에 레이나는 재킷에 몸의 굴곡이 그대로 드러난 레깅스를 입은 모습으로 나타났다.

진운은 그제야 방으로 들어가 대충 티셔츠에 청바지를 입고 나왔다.

—진운, 옷 좀 잘 입으면 안 돼?

"이게 왜?"

진운이 레이나의 말에 자신의 옷을 한번 훑어보더니 뭐가 잘못됐는지 모르겠다는 듯한 표정을 지었다.

한숨을 내쉰 레이나는 진운을 직접 끌고 들어가더니 면바지에 간단한 셔츠와 재킷으로 모습을 바꿔 버렸다.

확실히 여자의 손이 닿아서 그런지 조금 전 진운이 골라서

입고 나온 옷과는 그 맵시부터가 차이가 났지만 정작 진운 본
인은 거울을 보면서,

"뭐가 다르다는 건지……."

전혀 차이를 모르는 눈치다.

─그게 패션이라는 거야.

도대체 TV를 얼마나 보기에 패션이란 것을 진운에게 가르
치는지 모르겠지만 확실히 바벨의 탑에서 지낸 시간보다 진
운과 함께 지낸 두 달 가까운 시간이 레이나에게 엄청난 변화
를 가져다 준 것은 확실해 보였다.

"모델인가?"

"저 외국인 여자, 진짜 끝내준다."

"그뿐이야? 옆에 남자 봐봐. 그냥 간단하게 입은 듯한데도
옷이 살잖아, 옷이."

누가 그랬던가?

패션의 완성은 옷이 아니라 사람의 얼굴과 체형이라고 말
이다.

확실히 레이나와 진운이 길거리로 나오니 사람들의 시선
이 자동으로 집중되는 것은 어쩔 수 없었다.

마나의 적응으로 가장 이상적인 체형과 함께 얼굴의 골격
까지 변해 버린 진운은 트레이닝복을 입어도 아마 여자들의

눈을 사로잡을 것이다.

물론 레이나는 엘프이기에 살이 찐다는 것은 있을 수도 없는 일이고, 숲에서 생활하면서 자연과 함께 숨 쉬는 존재답게 은근히 상큼한 과일 향기도 풍겼다.

물론 모르는 사람들은 레이나가 과일 향이 나는 향수를 뿌렸다고 생각하겠지만 실제로는 엘프 특유의 체향이라고 했다.

엘프들은 각자 태어나면서부터 부모와 같은 체향을 물려받게 되는데, 이 체향이 엘프들에게는 거의 신분증이나 다름없다.

거기다 엘프들은 직계 자손이 아니면 결코 같은 향이 몸에서 풍기는 법이 없다고 하니 레이나의 몸에서 풍기는 과일 향기는 엘프들에게는 자신의 핏줄을 증명하는 가장 중요한 수단이기도 했다.

지구에서는 그저 천연 향수일 뿐이지만 말이다.

"늦네."

약속한 시간이 20분이나 지났는데도 소지훈과 김미영이 모습을 보이지 않자 결국 진운과 레이나는 약속 장소 뒤쪽에 있는 카페로 들어가서 기다리기로 했다.

워낙에 지나가는 사람들이 쳐다보는 것도 있지만 무엇보다 카페에서 은근히 진운과 레이나가 들어와 줬으면 하는 눈치를 주기도 했다.

"아메리카노 두 잔, 샷 추가해서요."

진운이 능숙하게 주문하고 자리에 앉아 조금 있으니 직원이 커피를 가져다주었다.

그렇게 커피를 마시면서 얼마나 기다렸을까?

딸랑~

소지훈과 김미영이 카페 안으로 들어왔다.

"여기요!"

진운이 손을 들어 흔들자 소지훈도 금방 진운을 알아봤다.

"왜 이렇게 늦었어요?"

진운이 시계를 보면서 투덜거리자,

"아, 미안, 미안. 갑자기 사건 하나가 들어와서 그거 정리 좀 하느라고. 아, 변호사도 은근히 야근이 많은 직업이니 별수 없잖냐."

슬쩍 직업 탓으로 돌려 버리는 소지훈의 모습에 진운은 피식 웃어버리는데 김미영이 진운의 옆으로 오더니 볼 살을 살짝 꼬집으면서,

"어쭈~ 이게 누나를 보고도 인사가 없어? 오빠보다 내가 못하다 이거지?"

"아, 아니에요, 누나."

진운이 엄살을 피우면서 뒤늦게 아는 체를 하자 그제야 진

운을 꼬집고 있던 볼을 놓고는 진운의 옆에 당당하게 앉는 김
미영이었다.

"다슬이는요?"

진운은 현재 소지훈과 함께 살고 있는 다슬이 보이지 않자
물었다.

"학교에 갔어."

"네?"

순간 진운은 무슨 말인가 해서 되물었다.

"오빠, 진이에게 말 안 했어요?"

진운의 전혀 모른 듯한 표정을 본 김미영이 소지훈을 무섭
게 노려보면서 묻자 그제야,

"아차! 깜박했다."

"역시… 내가 오빠를 믿는 게 아니었어. 아무튼 사건 하나
떨어지면 거기에만 매달리니 언제 난 별을 딸 수 있으려나."

은근히 압박하는 듯한 김미영의 말에 소지훈은 멋쩍게 웃
긴 했지만 굳이 변명은 하지 않았다.

"무슨 말이에요? 나한테 말하지 않았다니?"

"사실 다슬이, 우리가 입양했거든."

"…입양이요?"

진운이 뜻밖의 상황에 놀라워하자 소지훈이 피식 웃으면
서,

"사실 오늘 보자고 한 건 다슬이를 입양한 기념으로 밥이
나 한 끼 하자고 부른 거니까 그렇게들 알고 있어라."

진운은 소지훈의 말에 잠시 놀라긴 했지만 사실 소지훈의
지금 나이에 언제 애를 낳아서 키우겠는가 하는 생각을 하니
차라리 다슬을 입양하는 것도 그리 나빠 보이지는 않았다.

특히나 김미영이 다슬을 끔찍하게 생각하는 것을 봐도 사
랑받고 자랄 게 확실하니 말이다.

"축하해요."

진운이 축하의 말을 건네자 레이나도 옆에서,

─축하드려요.

"그래, 당연하지. 이제 다슬이가 소다슬이 되었는데."

"……."

순간 소지훈의 말을 듣던 진운의 표정이 조금 이상해지면
서,

"아저씨, 이름을 좀 바꾸는 게……."

"왜?"

"그 뭐냐, 소다슬, 왠지 소다수 음료 이름 같지 않아요?"

"……."

소지훈도 순간 진운의 말에 전혀 몰랐던 것을 알았다는 표
정이고 김미영도 마찬가지였다.

하지만 잠시 생각해 보던 소지훈은 고개를 저으면서,

"아니야. 다슬이 나이와 그동안 다슬이가 자신의 이름을 가지고 살아온 것을 생각하면 그저 부르기 불편하고 이상하다고 바꾸는 건 아닌 것 같다."

철저하게 다슬의 입장에서 생각한 소지훈은 결국 조금 이상해도 소다슬이라는 이름 그대로 쓰기로 결정했다.

사실 변호사로 있고 소지훈의 능력과 인맥이면 이름 하나 바꾸는 것은 그리 어려운 일도 아니었다.

그렇지만 고아인 다슬에게 이름은 일반적으로 사람들이 생각하는 것 이상의 의미가 있다는 것을 알기에 소지훈은 그렇게 결정한 것이다.

고아로 자란 소지훈은 어쩌면 다슬에게 가장 이상적인 아버지일지도 몰랐다.

고아로 자랐기에 고아만이 가지는 생각지 못할 만큼 사소한 아픔과 슬픔을 누구보다 잘 알고 있을 테니 말이다.

"뭐 오빠가 그렇다면 나도 괜찮아."

김미영도 굳이 다슬이가 상처 입을지도 모른다는데 자신들이 듣기 별로라는 이유로 이름을 바꿀 생각은 없었다.

"그보다 언제 결정한 거예요?"

"음… 한 2주 되었을걸."

소지훈의 말에 잠시 생각하던 진운은 처음에 자신의 집을 찾아왔던 김미영의 모습이 생각나서 웃음 지었다.

어린애 옷을 잔뜩 사서 기분 좋은 표정으로 집으로 돌아가는 김미영의 모습을 생각하자 어쩌면 그전부터 다슬을 입양하기로 결정했을지도 모른다는 생각이 들었다.

"그럼 다슬이도 이제 한 가족이네요."

진운은 처음부터 다슬에게 별 거부감이 없었으니 기쁘게 받아들였지만, 레이나는 왠지 웃고는 있지만 그리 내키지 않아 하는 표정이다.

진운은 그런 레이나의 표정을 읽었지만 그냥 웃음으로 넘겨 버렸다.

소지훈과 김미영이 이렇게 좋아하면 그걸로 된 것이다.

그렇게 카페에서 간만에 만나 수다를 떨던 소지훈은 다슬이 하교할 시간이라며 벌떡 일어서더니 곧장 밖으로 나가 버렸다.

"아무튼… 이제는 나보다 오빠가 더 극성이야."

소지훈은 처음에는 다슬을 그리 살가워하지 않았다. 잠시 맡아두는 정도로만 생각하고 있었다.

그런데 같이 지내면서 조금씩 마음의 문을 열기 시작하자, 이젠 김미영보다 다슬을 더 애지중지하게 되었다.

그 모습에 김미영은 오히려 질투가 날 정도라고 한다.

마누라인 자신보다 다슬이 사달라고 하면 자다가 벌떡 일어나 사 올 정도라고 하니 더 이상 무슨 말이 필요하겠는가.

"아저씨 은근히 딸 바보 기질이 있었군요?"

진운이 한마디 하자 김미영은 격하게 고개를 끄덕이면서,

"딸 바보 정도가 아니야. 딸 노예 수준이라니까. 진아, 넌 나중에 레이나와 애기 낳아서 딸이 생겨도 절대로 외면하면 안 된다?"

"…아, 네."

―…….

갑작스런 김미영의 말에 진운은 슬쩍 고개를 돌려 버렸고, 레이나도 슬쩍 시선을 다른 곳으로 돌렸다.

한 집에 같이 살고 있고 가장 가까이에서 진운과 레이나를 지켜본 김미영의 눈에도 둘은 결혼만 하지 않았을 뿐이지 부부나 마찬가지로 보였기에 아무 거리낌 없이 말했지만, 정작 그 말을 들은 진운과 레이나는 난감했다.

애초에 레이나와 진운은 서로가 남자와 여자 사이로 시작한 게 아니라 목숨을 믿고 맡길 수 있는 동료라는 개념으로 시작해서 그런지 보기에는 웬만한 연인보다 더 잘 통하고 마음이 맞는 듯하지만 철저하게 각자의 프라이버시를 존중하는 생활을 하고 있었으니 말이다.

친구라고 하기에는 훨씬 가깝고, 그렇다고 서로 사랑하는 사이라고 하기에는 왠지 딱딱한 관계랄까?

진운과 레이나의 관계를 설명하자면 딱 그 정도가 적당할

만큼 이상한 사이이긴 했다.

아직 소지훈과 김미영은 그걸 모르고 있었다.

바벨의 탑에 대해서는 철저하게 진운과 레이나가 입을 다물어 버렸으니 이런 오해는 어쩌면 당연했다.

그런데 이런 사정 때문에 서로 시선을 피하는 진운과 레이나의 모습을 본 김미영은 부끄러워한다고 오해를 하고는 괜히 짓궂게 자꾸 파고들었다.

"그보다 둘, 언제 도장 찍을 거야?"

"네? 도장이라니요?"

진운이 무슨 말이냐는 듯 묻자,

"어쭈~ 모른 척하네? 혼인신고서에 찍는 도장 말하는 거잖아. 대한민국은 혼인신고서에 도장만 찍으면 법적으로 부부인 거 몰라?"

"커흠!!"

진운은 김미영이 지금 자신들을 놀리고 있다는 것을 알고 있지만 이렇게 직설적이니 대꾸할 말이 없었다.

"늙은이처럼 헛기침하기는. 아무튼 너도 잘 생각해. 레이나도 지금이야 청춘이지 곧 서른 살 되면 늙고, 주름이 늘고……. 아, 좋은 시절 다 간다. 그리고 늙으면 애도 낳기 힘들어. 노산이 얼마나 힘든데."

진운과 레이나를 놀리던 김미영은 순간 자신의 처지가 생각나 감정이입이 되었는지 말꼬리가 슬쩍 흐려졌다.

처음이야 장난치려고 했던 말인데 사실 김미영은 지금 애를 낳아도 노산인 것이다.

그것도 병원의 도움을 크게 받아야 할 만큼 말이다.

사실 김미영의 나이도 나이지만 소지훈의 나이 때문이라도 애를 낳는 것은 서로 말은 하지 않지만 포기한 듯해 보였다.

지금 당장 애를 낳는다고 해도 그 애가 대학교에 갈 때쯤이면 소지훈은 70이 넘는 할아버지가 되어 있을 테니 거의 암묵적으로 서로 애 낳는 것은 포기한 것이다.

김미영이 워낙 쾌활하고 크게 따지는 것 없는 성격이다 보니 부부로 사는 것이지 일반적인 여자 같았으면 아마 한 달도 못 살고 이혼했을 것이다.

하루가 멀다 하고 사건만 맡으면 야근에 외박을 밥 먹듯이 하는 소지훈과 같이 살려면 대단한 인내심이 필요할 테니 말이다.

물론 김미영의 미모와 몸매는 지금 당장 레이나와 비교해도 뒤떨어지지 않긴 하지만 역시나 젊음의 매력 앞에서는 김미영도 작아지는 것은 어쩔 수 없었다.

"여기, 다슬이 왔다!"

하지만 곧 소지훈이 다슬을 안고 돌아오자 언제 그랬냐는 듯 .방긋 웃으면서 번쩍 안아 드는 김미영이었다.

그들은 오늘을 다슬의 생일로 정했다.

다슬은 자신이 언제 태어났는지 몰랐다. 소지훈이 가진 인맥을 총동원해 알아봐도 다슬에 대해서는 아무것도 알 수 없었다.

때문에 김미영과의 상의 끝에 다슬을 자신의 호적에 올렸고, 그때 기록한 날짜인 오늘을 생일로 삼은 것이다.

오늘 굳이 진운과 레이나를 불러낸 것도 결국 생일임을 공표하고, 함께 첫 번째 생일 파티를 하기 위해서였다.

영문도 모르고 좋아하는 음식에 옷, 장난감을 사주는 소지훈과 김미영의 모습에 다슬은 그저 좋아하기만 했다.

그렇게 즐겁게 식사를 하고 난 뒤 소지훈과 김미영, 그리고 이제는 그들의 딸이 된 소다슬을 보내고 나서 진운과 레이나는 조금 걷다가 근처에 있는 공원 벤치에 앉았다.

―좋아 보이더라.

레이나는 다슬이 먹다 흘리면 야단법석을 떨면서 닦아주던 김미영의 모습과 그런 김미영의 행동에 잔소리를 하면서도 자기가 먼저 다슬의 입을 닦아주는 소지훈의 모습이 아직도 머릿속에 선명해 입가에 미소를 지었다.

"가족이란 그런 거니까."

진운도 생각해 보면 죽은 아버지가 자신을 그렇게 키웠던 것이다.

죽고 난 다음에 하는 효도는 그 어떤 것보다 못하다고 했던가? 왠지 소지훈 부부와 다슬을 보고 있으면 죽은 아버지가 생각나는 진운이다.

레이나도 대륙에 있는 가족을 생각하는 듯한 표정이다.

잠시 조용한 시간이 지나갔다.

각자의 추억 속에 빠져 상념을 즐기고 있던 그들 사이에 결코 어둡지 않은 따뜻한 분위기가 흘렀다.

그러나, 참으로 인생이 우스운 게, 꼭 이런 분위기에는 초를 치는 놈들이 나타나게 마련이다. 거의 공식이라 해도 좋으리라.

가족에 대한 추억에 찬물을 끼얹는 것도 모자라 아예 땅속으로 파묻어 버리는 놈들이 그들 앞에 나타났다.

"이야~ 그림 좋다!!"

껄렁껄렁~

누가 봐도 이 동네 양아치로 보이는 다섯이 마치 포위하듯 옆으로 퍼져서는 진운과 레이나의 곁으로 오더니,

"와!! 백마다!!"

레이나를 보고는 한 녀석이 내뱉었다.

"뭐야, 반반한 얼굴이네? 퉤!"

그리고 진운의 얼굴을 보고는 기분 나쁘다는 듯 바닥에 가

래침을 뱉고는 인상을 잔뜩 썼다.

녀석이 진운을 향해 자신의 얼굴을 깊숙이 들이밀더니,

까딱까딱.

손가락으로 진운의 턱을 탁탁 건드리기까지 한다.

"야~ 꼽냐? 크크크크크크큭!"

진운이 아무런 반응이 없자 쫄았다는 생각에 기고만장해진 녀석이 요란하게 웃더니 레이나를 슬쩍 보고는,

"헤이, 익스큐즈 미~"

어눌한 콩글리쉬를 구사하기 시작했다.

레이나는 슬쩍 진운을 보더니 오히려 어깨를 으쓱거리면서 모른 체하자,

"야! 너 영어 잘하지?"

당연히 레이나와 같이 있으니 영어를 잘한다고 생각한 녀석이 진운을 보고는 오만상을 찡그렸다.

"내가 좀 놀고 싶다고 말해봐. 응?"

탁탁탁.

역시나 진운의 턱을 손가락으로 튕기듯 건드리면서 말했다.

하지만 전혀 반응이 없는 진운의 모습에 녀석은,

"이 새끼가!! 꼭 대가리에 먹물 처먹은 것들은 몸으로 대화를 나눠야 말이 통한다니까! 캭!!"

　녀석은 말로 해서는 안 된다고 생각했는지 진운의 턱을 톡톡 건드리던 손을 들어 그대로 진운의 얼굴을 향해 휘둘렀다.

　휙~

　"응?"

　있는 힘껏 진운의 귀싸대기를 후려칠 생각으로 휘두른 자신의 팔에 아무것도 걸리는 게 없자 녀석은 그제야 고개를 돌려 바라보았는데, 진운이 그대로 앉아 있는 것이다.

　"크크크크크크큭, 새끼! 너 술 너무 처먹어서 이젠 눈앞의 범생이도 못 때리냐? 병신!!"

　옆의 녀석의 친구들도 두 눈 똑똑히 뜨고 보고 있었지만 진운은 손가락 하나 까딱하지 않았는데 그냥 손이 허공을 스치듯 지나가 버린 것이다.

　제법 술을 먹은 상태였는지 다들 녀석의 실수에 기분 좋게 웃기 시작했고, 녀석은 친구들의 웃음소리가 커질수록 점점 약이 올라서는 이번에는 두 눈을 똑바로 뜨고 다시 진운의 귀싸대기를 향해 힘껏 휘둘렀다.

　방금 전보다 더 힘을 넣어서 말이다.

　휙!

　하지만 이번에도 그냥 허공을 휘두르는 손이었다.

　그런데 갑자기 진운을 향해 손을 휘둘렀던 녀석의 표정이 굳어버렸다.

씨익~

그리고 녀석의 굳어가는 표정을 본 진운의 입가로 미소가
번지기 시작했다.

"말, 말도 안 돼."

처음에는 그냥 휘둘렀지만 이번에는 두 눈 똑바로 뜨고 지
켜본 녀석은 믿을 수 없는 광경을 보고야 말았다.

자신의 손이 진운의 얼굴을 그대로 통과해서 허공으로 빠
지는 것을 말이다.

마치 유령이나 잡히지 않는 입체 영상을 향해 팔을 휘두른
느낌이다.

하지만 조금 전 분명히 자신이 진운의 턱을 손가락으로 건
드릴 때는 확실히 느낌이 왔었다.

그걸 깨닫고 진운의 눈동자를 다시 본 녀석은 온몸이 마비
가 된 듯 짜릿한 느낌과 함께 손발이 떨려왔다.

"미친… 말도… 안 돼."

갑자기 간질 걸린 환자처럼 녀석이 벌벌 떨기 시작하자 옆
의 친구들도 레이나에게 추파를 던지면서 낄낄대다가 뒤늦게
뭔가 이상하다는 것을 느꼈는지 벌벌 떠는 친구 곁으로 모여
들었다.

"야, 너 왜 그래?"

"이 자식, 폭탄주 너무 처먹었나?"

　천천히 눈동자가 뒤집히는 모습까지 본 녀석들은 그제야 이게 장난이 아니라는 것을 느꼈다.

　그들이 서둘러 전화기를 꺼내 들고 전화하며 택시를 붙잡는다고 난리치기 시작하자, 삽시간에 주변은 아수라장이 되었다.

　"크, 크헉……!"

　"야, 야, 이 새끼야! 정신 차려!"

　"그냥 업어! 큰길로 가자!"

　후다다닥!!

　완전히 눈동자가 뒤집혀 거품까지 물자, 한 친구가 그놈을 들쳐 업고 뛰기 시작했다. 다른 친구들까지 결국 진운과 레이나에게는 신경도 못 쓰고, 순식간에 공원에서 사라졌다.

　그렇게 사라진 녀석들을 가만히 지켜보던 레이나가 진운을 보면서,

　─살기를 그렇게 집중시키면 죽을 수도 있어.

　진운이 무슨 방법으로 그 녀석을 간질 환자처럼 만들었는지 그녀는 잘 알고 있었다.

　"어차피 살아서도 도움이 안 되는 인생이라면 뭐……."

　살기 하나만으로 사람 하나를 간질병 걸린 녀석으로 만든 것치고는 전혀 대수롭지 않게 생각하는 진운이다.

　그런 진운의 모습에 피식 웃은 레이나는,

─차라리 팔다리를 부숴서 영원히 걷지 못하게 하거나 숟가락을 들지 못하게 만드는 게 더 편하잖아.

오히려 살기를 이용한 방법보다 시원하게 주먹을 쓰라고 부추기는 레이나였다.

"다음에는 그러지, 뭐."

대륙에서의 경험이 진운을 조금씩 변화시키고 있었다.

처음에는 마스터의 힘을 가지고 있으면서도 최대한 숨기고 절제하려고 했다면 대륙으로 여행을 다녀온 뒤로는 그 절제가 풀어지고 있는 것이다.

방금 껄떡대던 양아치를 살기만으로 미친놈으로 만들어버린 것만 봐도 충분히 알 수 있었다.

─돌아갈까? 아직 읽어야 할 책이 많아서 말이야.

"그래."

진운이 복학하기까지 앞으로 남은 시간 대충 한 달.

그동안 진운은 최대한 공부에 집중할 생각이었고, 레이나는 최대한 소설과 TV에 집중할 생각이다.

둘 다 참 방구석에 있는 것을 좋아하는 것을 보면 의외로 잘 맞는 커플이긴 했다.

하지만 사실 진운이 지구에서 방구석에만 있는 것은 의외로 간단한 이유 때문이었다.

대륙에서 그렇게 걷고 움직였는데 지구에까지 와서 걸어

다니고 싶지 않은 이유도 있지만 대륙의 여행만큼 지구의 생활이 재미가 없기 때문이다.

물론 그렇다고 진운인 복수를 잊은 건 아니었다. 다만 조금만, 조금만 더 참고 또 참고 있는 것이다.

기다림이 길면 길수록 폭발했을 때 위력은 아마 그 누구도 짐작하지 못할 것이다.

Chapter
06
두 번째 만남

"여긴가?"

소설과 TV에 빠져 있는 레이나를 두고 혼자 밖으로 나온 진운은 어제 약속한 B&B 엔터테인먼트의 남주현 실장을 만나기 위해 지금 기획사 건물 앞에 와 있었다.

알고 보니 제법 유명한 곳으로 의외로 찾기가 쉬웠다.

택시를 타서 B&B 기획사라고 한마디 하자 택시가 알아서 입구까지 도착할 정도면 대단히 유명하다고도 할 수 있었다.

전면이 유리로 되어 있고 건물 자체가 연예기획사 용으로 지어진 듯 모양부터가 특이했다.

기획사 입구로 들어서자 건장한 두 명의 직원이 진운을 막아섰지만 남주현의 명함을 보여주자 조용히 뒤로 물러났다.

그렇게 의외로 쉽게 안내를 받아 도착한 곳은 남주현 실장이 있다는 실장 전용 사무실이었다.

웬만한 대기업 이사급에 해당할 만큼 커다란 사무실과 함께 인테리어부터 고급스러운 것이 남주현의 파워가 이곳 기획사에서 어느 정도인지는 사무실만 봐도 충분히 알 만했다.

"정진운 씨죠? 기획실장 남주현이라고 합니다."

남주현은 환하게 웃으면서 진운에게 손을 내밀었는데 진운은 순간 남주현이 남자라는 것에 조금 당황했다.

분명히 전화를 받았을 때는 여자 목소리였기에 당연히 남주현은 여자라고 생각했는데 막상 와보니 남자인 것이다.

진운이 조금 당황하는 듯하자 남주현은 멋쩍게 웃으면서,

"제가 여자라고 생각하셨나 보군요?"

"죄송합니다. 전 전화 목소리가 여성이라서 여성 분이라고 생각했는데 제가 착각했나 보네요."

뒤늦게 생각해 보니 전화를 건 사람은 B&B 엔터테인먼트라고 했지 자신이 남주현이라고 하진 않았다는 것을 기억해 냈다.

"아닙니다. 종종 그런 오해를 받습니다. 그보다 앉으시죠."

그렇게 잠깐의 해프닝을 끝으로 자리에 앉은 진운에게 남주현은 잠시 일어서더니 자신의 책상 전화기를 들어,

"오셨다고 전해."

한마디를 하고는 바로 끊어버렸다.

"잠깐만 기다리면 정진운 씨를 이곳으로 부른 이유를 알 수 있을 겁니다."

"네, 그런데 실장님께서는 이유를 모르십니까?"

왠지 진운이 느끼기에 자신을 찾은 남주현 실장도 모르는 눈치이기에 물어보자,

"하하하, 사실 그렇습니다. 저도 부탁으로 정진운 씨를 찾은 거라 말이죠."

"아, 네."

그렇게 잠깐의 대화가 진운과 남주현 사이에 오가는 사이,

딸각~

사무실 문이 열리는 소리가 들렸다.

남주현이 반갑게 웃으면서 자리에서 일어서자 진운도 고개를 돌렸다.

사무실의 문을 열고 들어온 사람은 진운도 알고 있는 사람이었다.

"오랜만이네요!"

손을 들어 살짝 흔드는 이는 대한민국의 국민 여동생이라

는 별명을 가지고 있는 배우이자 S대를 졸업한 수재로 알려진 김아영이었다.

진운은 설마 자신을 찾은 사람이 김아영일 거라고는 전혀 예상도 못했기에 고개를 갸웃거리자,

"그럴 거라 예상은 했어요."

김아영이 진운의 맞은편에 앉자 남주현은 조용히 사무실 밖으로 나가 버렸다.

사실 김아영은 광고 촬영 때 우연히 본 것 외에는 전혀 인연이 없었다.

그렇기에 당연히 진운은 그냥 연예기획사 관계자나 캐스팅 등을 권유할 것으로 은근히 예상하고 있었다.

남주현이 먼젓번 전화 때 캐스팅과는 관련이 없다고 하였으나 솔직한 말로 믿지 않고 있던 것이다.

그런데 뜻밖에도 현재 가장 잘나간다는 김아영이 자신을 찾았다는 것에 영문을 알 수가 없었다.

"저도 갑자기 제가 찾는다는 것에 진운 씨가 여러 가지로 궁금한 것이 많을 거라고 생각해요."

아무래도 연예인이다 보니 사람을 상대하는 일이 많은 그녀는 어리둥절한 진운을 상대로도 부드럽게 먼저 이야기를 꺼냈다.

"사실 이걸 보고 진운 씨를 찾게 된 거예요."

그리고는 그녀는 작은 USB 메모리를 꺼내더니 진운 앞에 내놓는 것이 아닌가?

"이건 뭐죠?"

진운은 김아영이 꺼내 놓은 USB 메모리를 본 적도 없거니와 아직 PC를 가지고 있지도 않았다.

그러니 당연히 김아영이 내놓은 USB 메모리를 알 턱이 없었다.

"궁금한 모양이네요."

마치 진운에게 장난치는 듯한 김아영의 모습에 진운의 눈길이 무심하게 변하면서 김아영을 똑바로 바라보자,

"그렇게 무섭게 보지 마세요. 메모리 안에 들어 있는 것을 보여주려고 한 거니까요."

자리에서 일어난 김아영은 남주현의 책상에서 노트북 하나를 가져와서는 USB 메모리를 꽂고 동영상을 재생시킨 뒤 진운에게 보여주었다.

보기에는 일반적인 자동차 블랙박스 같은 화면이었는데 영상을 본 지 몇 초 지나지 않아 진운의 표정이 굳어져 버렸다.

동영상에 자신의 얼굴이 보였기 때문이기도 하지만, 그것보다 자신이 왜 이 영상에 있는지 촬영될 당시의 일이 떠올라

서였다.

"일부러 몰래 촬영한 건 아니에요. 그때 광고를 마치고 돌아가다가 차가 고장이 났고 어쩔 수 없이 차를 세워두고 사람을 불렀거든요. 제가 스케줄 시간에 쫓겨서 어쩔 수 없이 차만 두고 먼저 다들 이동을 했었어요."

"……."

진운도 그때 연예인들이 많이 타고 다니던 벤을 보고는 대충 그렇게 예상은 했다.

하지만 설마 그 벤의 주인이 김아영일 거라고는 생각지 않았던 것이다.

그녀는 가장 먼저 이곳을 떠났는데 그 차가 마지막에 떠난 진운의 길을 막을 리가 없었으니 말이다.

중간에 많은 스태프의 차도 아무런 문제 없이 떠났던 것을 생각하면 김아영의 말이 뭔가 이상했다.

"솔직하게 말하시죠."

진운이 여전히 무표정한 얼굴과 눈동자로 김아영을 똑바로 바라보면서 말하자,

"역시… 당신도……."

돌연 김아영은 입가에 미소를 지으면서 자리에서 일어서 호흡을 가다듬더니 노래를 부르기 시작했다.

조용한 들판에 홀로 앉아서 하늘을 보는 모습이 연상되는

노래는 마치 말을 하는 듯하면서도 부드럽게 주변을 감싸는 느낌을 주었다.

그런데,

찌이잉!!

김아영이 노래를 부르기 시작한 지 몇 초가 지났을까? 갑자기 진운의 손에서 울림이 온몸으로 퍼지는 것이다.

“……!!”

순간 진운이 자신도 모르게 놀라서 손에 끼고 있던 게티아를 보자 놀랍게도 푸른빛을 은은하게 뿜어내면서 반응하고 있다.

“설마…….”

진운은 게티아의 반응에 설마하는 마음으로 김아영을 바라보았는데 김아영은 자신의 노래에 집중한 듯 눈을 감고 노래를 흥얼거리고 있다.

그런데 김아영의 노래가 거의 중반으로 흘러들었을 때쯤 김아영이 서 있는 곳의 허공에 투명한 구체가 모습을 드러내었다.

그리고 김아영의 노래에 공명하듯 천천히 떨림이 일어났고, 그렇게 떨리던 투명한 구체는 김아영의 노래가 끝나자,

파삭!!

들리지는 않지만 분명히 느껴지는 파열음을 남기고는 사

라져 버렸다.

그리고 조용히 다시 자리에 앉은 김아영은 진운을 보면서,

"이게 제게 생긴 힘이에요."

도대체 갑자기 왜 자신의 힘을 보여주는지 의아해하는 중 진운은 김아영의 노래가 멈추자 게티아의 떨림도 멈추고 반응도 사라졌다는 것을 알았다.

게티아가 반응한다는 것은 한마디로 김아영이 마신이거나 마신과 관련이 있다는 것으로밖에 생각되지 않기에 진운은 긴장하기 시작했다.

보기에는 가녀린 여자에 국민 여동생일지 몰라도 게티아가 반응하는 순간부터 진운의 눈에는 김아영이 여자라기보다 마신으로 보이기 시작했다.

"진운 씨도 저와 같은 힘이 생긴 것 알아요."

"……"

"누구한테 소문 낼 생각은 없으니 알려주세요. 진운 씨도… 저와 같은 힘을 가진 사람이죠?"

분명히 게티아가 반응을 했으니 최소 마신과 관련이 있는 건 확실해 보이는데 어째서인지 지금 김아영의 눈동자는 떨리고 있었다.

'내가 게티아의 주인인 것을 알고 부른 게 아닌가?'

마치 진운이 자신과 같은 힘을 가지고 있는 사람이기를 바

라는 듯한 말투와 함께 조금 전 당당하던 모습은 사라져 버린 김아영이다.

"……."

잠시 생각하던 진운은 탁자 위에 있던 장식품 하나를 집어 들었다.

들어보니 묵직한 것이 무게와 단단하기가 상상이 가는 건데 그걸 한 손에 움켜잡더니,

"흐읍……."

호흡법과 동시에 마나를 활성화하자,

우지끈!!

마치 진흙덩이를 손에 쥐고 움켜잡은 듯 강철 덩어리 장식품은 예전의 형체를 알아볼 수도 없을 만큼 찌그러져 버렸다.

그리고 그런 진운의 힘을 본 김아영은 오히려 안심한 듯 부드럽게 숨을 내쉬면서,

"그럴 줄 알았어요. 밴을 한 손으로 번쩍 들어 옮기는 영상을 본 뒤로 직감했거든요. 진운 씨도 나와 같은 힘을 가진 사람이란 것을요."

진운은 그런 김아영의 말에 싱긋 웃었다.

"태어날 때부터 그런 힘이 있었나요?"

인간은 자신과 같은 환경이나 같은 능력의 사람에게 동질감과 동시에 빠르게 친화력을 보이는 경우가 많다.

사실 진운은 일부러 자신의 힘을 보여 김아영을 안심시킨 것이다.

진운이 보기에 김아영이 노래를 부를 때만 게티아가 반응하는 것도 그렇고, 그녀는 마신의 힘을 즐긴다기보다는 두려워하는 모습이 더 강했다.

진운은 자신이 가진 힘을 두려워한다면 거의 90% 확률로 태어나면서 가지고 있던 힘은 아닐 거라는 판단했다.

그렇기에 일부러 강철 덩어리를 진흙 뭉개듯 가볍게 형체를 바꿔 버리는 모습을 보여준 것이다.

그런 예상이 맞아떨어지듯 진운의 놀라운 힘에 오히려 안심하는 김아영의 모습이 진운에게는 확신을 주었다.

"아니요."

진운은 김아영의 대답에 고개를 끄덕이면서 슬쩍 먼저 질문을 던져 김아영에게서 듣고 싶은 것을 듣기 시작했다.

자신의 힘을 두려워하면서 어떻게 해야 할지 방향을 잡지 못하고 있다면 누군가에게 의지하려는 성향을 보이는 것은 당연했기에 진운은 일부러 힘을 쓰는 데 아무런 고민이 없는 모습을 보여주었다.

그리고 그런 진운의 모습에 김아영은 완전히 넘어가 버렸다.

그렇게 진운이 원하는 대로 진운이 질문하면 김아영이 대답하는 대화가 이어졌다.

그렇게 한참 말을 듣고 난 뒤 진운은,

"그럼 3년 전쯤… 갑자기 그런 힘이 생겼다는 거군요."

나직이 말하는 진운의 말에 김아영은 고개를 끄덕이면서,

"정확하게는 기억나지 않지만 어느 날 노래방에서 혼자 노래를 부르다가 알게 되었어요."

"혼자?"

진운이 혼자 노래방에 갔다는 김아영의 말에 의외라는 듯 묻자,

"유명해지면 여러 가지로 불편하거든요. 그리고 전 스트레스를 신나게 소리 지르면서 푸는 편이라……. 남한테 보이기는 조금 그래서 혼자 가요."

"하긴……."

진운은 개인적인 사정은 우선 미뤄두고 현재 김아영이 가진 힘이 뭔지 궁금했다.

보니 마신에 지배를 당하는 것도 아니고, 힘에 휘둘리는 것도 아니었다.

다만 김아영이 노래를 부를 때 게티아가 반응하는 것이 조금 걸리긴 했지만, 대륙에서 마신을 만났을 때 환하게 빛나는 것과 달리 방금 전의 게티아는 그저 희미하게 진운만 느낄 수 있을 만큼 푸른빛을 뿜어내다 사라졌기에 우선은 천천히 알

아보기로 했다.

거기다 상대가 유명 연예인이다 보니 마신 본체이거나 마신의 힘에 지배를 받는다면 몰라도 아무래도 쉽게 손대기 껄끄러운 면도 있었다.

같은 힘의 공유라는 공통점 때문인지 김아영은 진운에게 의외로 너무나 쉽게 모든 것을 말해주었다.

오죽하면 그 모습에 진운은 오히려 '이거 너무 순진한 거 아냐?' 하는 생각이 들 정도였다.

연예인 중에 사람과의 소통이 적고 스케줄만 따라 움직이는 경우가 많아서 의외로 순진한 사람들이 많다는 말을 듣긴 했지만, 설마 국민 여동생으로 알려진 김아영이 이렇게 순진할 줄은 진운도 전혀 예상 못한 것이다.

얼마나 순진하느냐면 진운이 프라이버시에 관련된 것을 물어도 오히려 자세하게 설명까지 덧붙여서 알려줄 정도이니 말해 뭣 하겠는가.

그리고 그런 김아영의 모습에 진운은 자신도 모르게 이런 생각이 들었다.

'귀엽네.'

얼굴이 예쁘고 청초한 미녀라서가 아니다.

사실 외모만 따지면 레이나만 해도 미녀라고 떠드는 여자들이 고개를 숙일 만큼 빼어난 외모를 자랑하고 있으니 말이다.

다만 지금까지 진운은 김아영과 이야기를 나눠본 후 자신의 머릿속에 남은 느낌을 한마디로 표현하자면 바로 너무나 귀엽다는 것이다.

일반적으로 사람들에게 알려진 김아영이 아닌 진운이 본 김아영은 어디서나 보는 20대 여자와 다를 바가 없었으니 그런 생각이 드는 건 어쩌면 당연했다.

대륙에서도 아아린이라는 백작의 영애이자 제국의 소문난 미녀를 보고도 나이를 듣는 순간 여자에서 어린애로 격상시켜 버린 진운의 성격을 보면 지금 김아영을 보면서 귀엽다고 생각한다면 정말 귀엽다고 느낄 뿐 그 외의 감정은 없었다.

그런데 한참 이야기를 나누던 와중에 진운은 뭔가 이상하다는 것을 느꼈다.

"3년… 전이라……."

정확하진 않지만 거의 3년 전부터 갑자기 김아영에게 자신의 노래나 목소리를 힘으로 이용할 수 있는 능력이 생겼다고 한다.

그런데 아이러니하게도, 진운이 바벨의 탑에서 지금 손에 끼고 있는 게티아와 레메게톤, 그리고 마신을 잡아들이라고 솔로몬 왕이 남긴 칼라드볼그를 얻은 것도 대충 3년 전이다.

김아영이 자신이 힘을 얻은 날짜를 정확하게 기억하진 않지만 이야기를 나누면 나눠볼수록 거의 비슷한 시기에 일어난 일이다.

"저기… 진운 씨도… 저랑 비슷한가요?"

3년 전이라는 말에 진운이 심각하게 받아들이자,

"뭐… 비슷합니다. 그때쯤 저도 얻었으니까요."

아직 김아영이 어떤 사람인지 모르는 이상 절대로 바벨의 탑과 게티아, 그리고 칼라드볼그를 말해서는 안 되기에 진운은 대충 말을 얼버무렸다.

하지만 그런 진운의 말에도 김아영은 진운에게 은근히 의지하는 눈빛이다.

목소리를 힘으로 바꿔서 노래방 기계 정도는 가볍게 부숴버린 자신이 무서워서 그 후로 숨기고 살아온 것에 비해 진운은 그런 힘 따위는 아무렇지 않다는 듯 너무나 편안하게 행동하고 있기 때문이다.

그 모습에 김아영은,

'역시 남자라서 다른 건가?

라고 생각했다.

그리고 현재 자신의 비밀 중의 비밀을 알고 있는 유일한 사람이 진운이다 보니 은연중에 진운에게 의지하는 면도 있었다.

"우선 김아영 씨의 힘은 지금처럼 숨기는 게 좋겠어요."

진운이 그렇게 말하자 김아영도 고개를 강하게 끄덕이면서,

"차라리… 이런 힘이 없었다면……."

보통은 이런 힘이 생기면 옳다구나 하면서 난리치는 것과 달리 김아영은 힘을 거의 쓰지 않는 듯했다.

왠지 자신이 가진 힘의 무서움을 알고 있는 듯한 모습이지만 아직 자세한 것은 진운도 알 수가 없었다.

"우선 천천히 생각해 봐야 할 듯하네요. 저도 처음 겪는 일이라……."

김아영은 출처도 영문도 모르게 생긴 힘에 두려움을 느끼고 숨기려 하는 것이지만 진운은 어렴풋이 김아영에게 생긴 힘이 어떤 것인지 알고 있었다.

하지만 조금 더 자세한 것은 레이나와 상의를 해봐야겠다고 생각했다.

아무래도 이런 현상은 진운보다 레이나가 아는 지식이 많았으니 말이다.

그 후로도 잠시 이야기를 나눴지만 그리 오래 나누지는 못했다.

똑똑.

사무실 문을 노크하는 소리가 들리더니 남주현이 살짝 얼굴만 내밀고는 김아영에게,

"스케줄 준비해야 할 시간이야."

한마디를 남기고는 다시 문을 닫아버렸다.

연예인을 직접적으로 관리하는 기획사의 실장이나 되는 사람이 김아영을 어려워하는 모양이다.

거기다 처음에는 몰랐지만 지금 생각해 보니 이렇게 자신들의 기획사 간판 연예인이 남자와 단둘이 얘기하겠다고 하는데도 아무런 조치도 없이 오히려 자리를 피해주는 것만 봐도 김아영이 기획사에서 얼마나 중요한 존재인지 짐작할 수 있었다.

웬만한 기획사 하나는 먹여 살릴 수 있는 것이 연예인이고 인기가 많고 인지도가 높을수록 몸값을 비롯해 값어치가 높아지는 것을 생각하면 현재 국민 여배우에 국민 여동생이라는 김아영의 몸값은 아마도 엄청날 것이다.

그러니 당연히 바쁜 것은 어쩔 수 없고 말이다.

그렇게 진운과 김아영은 서로 연락하기 편하도록 휴대전화 번호를 교환하고는 일어섰다.

*　　*　　*

─음…….

레이나는 진운의 말을 듣고는 생각에 잠기는 듯하더니 한

동안 말이 없었다.

표정만 봐도 자신이 알고 있는 모든 지식과 경험을 바탕으로 지금 김아영에게 일어나는 현상이 무엇인지 알아내는 중이리라.

그리고 몇 분의 시간이 흘렀을까?

—어쩌면…….

드디어 실마리를 잡았는지 표정이 풀린 레이나가 진운을 보면서,

—마력 동화일지도 몰라.

"마력 동화?"

진운은 레이나의 말에 대충 의미는 이해가 갔지만 그뿐이었다.

—우선 간단하게 말해 마법을 크게 두 가지로 분류하면, 마나를 사용하는 백마법과 마력을 사용하는 흑마법이 있어. 이건 대충 이해되지?

"뭐 그 정도야 나도 사전 지식이 있으니까."

—그런데 얼핏 듣기에는 마나를 사용하는 백마법과 마력을 사용하는 흑마법이 같은 것 같지만 그건 천만의 말씀이야. 본질적으로 마나와 마력은 그 기본부터가 달라.

"다르다…….."

진운은 레이나의 말에 잠시 생각하는 듯했지만 역시나 마

법사도 아니고 마법에 대한 지식도 없으니 머릿속만 복잡했다.

　―우선 난 마나를 사용하기에 당연히 백마법 계통에 속해 있어. 그리고 진운이 만난 김아영은 아직 초기 단계이지만 마력을 사용하니까 당연히 흑마법에 속해.

　"그럼… 그 뭐냐, 김아영 씨가 썼던, 소리를 힘으로 바꾸는 그게 마력을 기본으로 한 능력이고, 결국 흑마법사가 된다 그런 말이야?"

　대충 이야기만 들어보면 김아영은 흑마법사가 되고도 남아 보였다.

　그런데 진운의 말에 레이나는 고개를 천천히 저으면서,

　―쩝, 우선 진운이 이해하기 쉽게 설명하자면… 진운이 마나를 사용하기 위해서는 마나를 사용할 수 있게 몸이 마나에 적응하는 단계가 있었지?

　"그렇지."

　진운이 고개를 끄덕이자,

　―그거와 같아. 마법사도 마나를 사용해서 마법을 쓰기 위해서는 마나의 적응이 필요해. 진운과 같은 검사 같은 외형적이니 변화는 없지만 몸 안이 바뀌는 거야. 그리고 정확하게 말하자면 지금 김아영 씨는 아직 마력에 적응하는 과정이야. 그걸 백마법을 사용하는 마법사들은 마나 동화라고 하고 마

력을 사용하는 흑마법사들은 마력 동화라고 해.

"은근히 복잡하구나."

마나는 기본적으로 생명력을 상징하는 만큼 공기가 있고 살아 있는 생명체가 있는 곳에는 필수적으로 있는 것이 바로 마나였다.

하지만 마력은 간단하게 말하면 마나와 반대되는 힘이라고 할 수 있는 것으로, 마나가 지구와 인간계 등에 있는 것이라면 마력은 마계, 즉 마족이 사는 마계에만 존재하는 특별한 힘인 것이다.

하지만 마나와 비슷한 능력을 가지고 있는 마력이기에 마법사가 둘로 나눠지는 것이다.

생명의 힘인 마나를 사용하면 백마법, 그리고 어둠의 힘이자 마계의 힘인 마력을 사용하면 흑마법사로 말이다.

그리고 마력의 특징 중 하나가 바로 술식과 여러 가지 단계를 거치는 마나와 달리 의지력만으로도 마법 발현이 가능하다는 편리한 특징이 있었다.

진운이 뭔 놈의 마법사가 되는데 그리 복잡한 단계가 필요하냐는 듯 미간을 살짝 찌푸렸다.

대륙에서도 마법사는 천재로 통한다.

그만큼 일반적인 범인들이 생각하는 생각과 수준으로는 도저히 이해가 가지 않는 행동도 자주 하는 사람들이 바로 마법사이다.

굳이 마법사를 지구에 사는 사람들에게 비교하자면 멘사 회원과 비슷한 부류에 속한다.

너무나 좋은 머리로 인해 일반적인 사람과는 소통이 되지 않는 천재들, 그래서 일반 생활을 할 때는 적당히 하지만 비슷한 사람과 만나면 자신의 진면목을 드러내는 그런 사람들 말이다.

물론 레이나도 지금 멘사 회원에 들려고 하면 얼마든지 들어갈 수 있을 만한 수준이다.

물론 진운도 마찬가지고 말이다.

그만큼 마나의 적응을 끝냈다는 것은 보통 인간의 범위를 완전히 벗어났다는 뜻이다.

대륙에서 만났던 아이린을 호위하던 기사 본의 경우도 아직 마나 동화 단계에 불과했다.

단계별로 보면 마나 적응의 바로 아래 단계이지만, 진운과 본의 무력은 하늘과 땅이 아니라 거의 땅과 우주만큼 차이가 나는 것도 바로 그만큼 갭이 크다는 뜻이다.

─김아영이라는 사람, 운이 좋은 건지 모르지만 3년이라면 이미 마력 동화가 끝나고 마력 적응을 하고도 남을 시간이야. 하지만 아직도 기초적인 마력 동화 수준에 머물러 있다는 것은 우리 입장에서는 운이 좋다고 할 수 있어.

“왜?”

—간단해. 진운이 쓰는 마나는 어디서 얻어?

“마나? 마나야 당연히 숨 쉬는 공기도 있고, 뭐 내가 숨 쉬는 곳 자체가 바로 마나잖아.”

당연한 걸 묻는 말에 진운이 대답했다.

그런데 대답을 하고 난 진운은 갑자기 머릿속에 번쩍하고 스치는 상념이 떠올라 레이나를 바라보자,

—이제 알았나 보네. 대륙과 마찬가지로 지구에 살아 있는 모든 생명은 마나를 기본으로 하고 있어. 그럼 당연히 이곳은 마나가 가득한 곳이지. 그럼 김아영이 쓰는 마력은 어디서 얻는 걸까?

“마신이구나. 아니면 마계. 둘 중에 하나겠지.”

—맞아. 지금 김아영 씨는 봉인이 풀린 마신의 선택을 받고 마력 동화 중인거야. 하지만 이곳은 마신이 살던 마계가 아니야. 그만큼 제약이 많고 아무리 마신이라고 해도 마나가 가득한 이곳에서 마음대로 설치지 못하지. 그래서 인간을 하나 선택해 자신의 힘을 빌려주면서 천천히 힘에 잠식당하도록 하는 거야.

“그럼 지금 김아영이 위험하다는 말이야?”

—그렇진 않아. 마신도 그 종류에 따라 성격도 다르고 힘도 다르니까. 하지만 소리를 힘으로 바꾸는 힘은… 아마…….

레이나는 바벨의 탑에서 진운과 같이 레메게톤을 읽을 때 언뜻 본 기억이 있어 생각해 보았다.

하지만 역시나 너무 오래되었고 스치듯 본 것이라 머릿속에서 가물거리기만 하지 딱히 떠오르는 것이 없었다.

"기다려 봐."

진운은 레이나가 애써 이마를 찌푸리면서 기억해 내려고 하는 것을 보고는 허공에 손을 뻗어 자신만의 아공간에서 레메게톤을 꺼내 들었다.

오직 진운만 사용할 수 있고, 레메게톤과 칼라드볼그만 보관이 가능한 특별한 아공간에서 말이다.

"어디 보자."

레메게톤을 만질 수 있는 건 오직 진운뿐이니 어쩔 수 없이 진운이 직접 페이지를 넘기면서 마신에 대해서 설명한 것을 하나하나씩 찾아가면서 뒤져야 했다.

하지만 72기둥의 마신답게 숫자가 제법 많다 보니 시간이 걸렸다.

그렇지만 곧 찾아낸 진운은,

"아스타로트(Astaroth)… 같은 느낌이네."

진운은 레이나가 레메게톤에 쓰인 문자를 읽지 못하니 자신이 대신 그대로 읽어주었다.

아스타로트는 마계의 서쪽을 지배하는 대공작이다.

용과 흡사한 마계의 괴수를 타고 오른손에는 독사의 창을 쥔 채 전신이 불에 탄 듯한 검은 천사의 모습으로 나타난다.

하지만 원래 아스타로트는 마신이 아니라 바빌로니아의 여신인 이슈탈이다.

성경에 따르면 여호와에게 제압당한 후 남자와 합성이 되어 중성의 악마인 '아스타로트'로 변해 마계로 떨어진 것이다.

과거와 미래를 예지하는 지혜를 가지고 있으며, 모든 '인간이 창조한 문명'의 전문가가 되는 것이 가능한 능력이 있다.

특히나 광폭한 웃음을 터뜨리는 것을 좋아해 '광희의 악마'라는 별칭이 있을 정도로 조금은 극단적인 성격을 가진 마신이기도 했다,

―역시… 아스타로트의 힘을 사용하는 게 맞는 것 같아.

"레이나가 봐도 그렇지?"

진운과 레이나는 김아영의 마력의 근원을 마신 아스타로트로 거의 확정지은 상황이다.

다른 건 몰라도 김아영의 힘이 나타난 것이 3년 전이라고 했다.

그리고 그녀가 데뷔한 게 대충 2년 전이다.

아스타로트는 인간이 만든 모든 문명에 전문가가 되는 능

력을 가지고 있다고 쓰인 레메게톤의 설명을 보면 모든 게 맞아떨어졌다.

지금 그녀가 하고 있는 연기는 물론이거니와 그녀가 좋아하는 노래까지 모두 인간이 만든 문명이다.

그녀가 단기간에 국민 여배우라는 위치에 오를 만큼 연기력이 뛰어난 것도 한편으로는 이해가 되었다.

물론 김아영 본인은 모를 것이다.

자신이 어떤 존재의 힘으로 배우가 되고 2년이라는 극히 짧은 시간에 전 국민의 사랑을 받는 연기자가 되었는지 말이다.

다만 정말 운이 좋은 것은 진운에게 보여준 소리를 힘으로 바꾸는 능력을 거의 사용하지 않는다는 것이다.

마나의 경우, 아무리 써도 숨 쉬는 공기에 마나가 있기에 당연히 소모된 마나가 바로 채워진다.

하지만 김아영이 사용하는 마력의 경우 마나와 반대의 성질을 가지고 있고 마계에만 있는 힘이다.

그렇다면 김아영이 마력을 사용하면 할수록 마력은 소모가 될 것이고, 그렇게 소모된 마력을 보충하려면 김아영이 마계를 가는 것이 가장 좋은 방법이다.

그렇게 하지 않아도 마력을 보충하는 방법이 하나 있기는 하다.

─등가교환의 법칙. 이건 마나뿐만이 아니라 마력에도 그대로 적용되는 불변의 법칙이야.

레이나의 말 그대로 김아영이 힘에 취해서 소리를 힘으로 바꾸는 능력을 무분별하게 사용했다면 소모된 마력을 다시 채우기 위해서 당연히 김아영은 대가를 내놓아야 하는 것이다.

마력에 버금가는 가치가 있는 것을 말이다.

그리고 일반적인 인간에게 마나와 비교되는 마력에 버금가는 가치를 지닌 것은 오직 한 가지, 바로 인간의 영혼이다.

특히나 마신들이 가장 좋아하는 바로 그것 말이다.

흑마법사들을 괜히 사람들이 배척하고 꺼리는 게 아니다.

힘을 대가로 자신의 영혼을 팔아 결국에는 껍데기만 남은 육체는 마신의 꼭두각시놀음이나 하다 사라지는 것이 바로 마력을 사용하는 흑마법사들의 말로다.

마나는 생명의 힘이라면 반대로 마력은 파괴의 힘이다.

마나가 창조의 힘이라면 반대로 마력은 소멸의 힘인 것이다.

그리고 아이러니하게도 마나와 마력은 동전의 양면과 같이 어느 하나가 사라지면 같이 사라지는 운명이기도 했다.

"그럼 어떻게 하지?"

우선 김아영의 소심한 성격이 오히려 자신의 목숨을 구한

결과이긴 하지만 막상 알았다고 해도 마땅한 방법이 없었다.

거기다 왠지 자신의 문제를 해결해 줄 것처럼 진운을 바라보던 김아영의 눈빛도 왠지 부담스러웠다.

모른 체할 순 없었다.

진운도 마신을 게티아에 봉인시켜야 되는 사명이 있고, 마신이 봉인될수록 진운은 바벨의 탑에서 레벨이 올라가니 결과적으로 김아영을 도와 아스타로트를 봉인하는 게 가장 좋은 방법인 것이다.

그런데 문제는 마신에 대한 정보가 너무나 없다는 것이다.

바벨의 탑에서도 마신에 관해서는 아예 검색 자체가 불가했다.

대륙에서처럼 바벨의 탑이 먼저 정보를 제공하지 않는 이상 진운은 손 빨며 기다리는 수밖에 없는 것이다.

마나에 적응을 해서 마스터에 오르면 뭐하겠는가. 상대는 마신, 아무리 강해봐야 결국 진운은 마스터에 오른 인간일 뿐이었다.

게티아와 칼라드볼그를 빼면 진운이 마신을 상대한다는 것은 절대로 불가능하니 말이다.

특히나 진운 같은 경우 거의 대부분의 정보를 바벨의 탑에서 얻을 수밖에 없는데, 정보를 얻었다 한들 딱히 마땅한 방법이 없었다.

“정보가 너무 없어.”

─하긴 그러네. 나도 마계의 존재는 알지만 대륙에 마신이 강림하거나 나타나서 깽판 친 적이 고대 역사서에나 나올 만큼 오래전 일이라서.

결국은 원점으로 돌아와 버렸다.

원인을 알고 이유도 알지만 해결 방법이 없다는 것은 변화가 없었다.

특히나 김아영의 경우 대한민국의 대부분의 사람이 알고 있고, 요즘은 일본이나 중국까지 팬 층이 두터워질 만큼 급속하게 인기를 확장하고 있는 배우였다.

괜히 허접하게 건드렸다가는 뒷감당하기도 버거웠다.

그렇게 진운과 레이나는 뭔가 방법을 찾던 중 진운이 손을 들어 게티아를 쳐다보더니,

“맞아! 있다!”

마치 아리스토텔레스가 목욕탕에서 ‘유레카!’를 외치는 것처럼 자리에서 벌떡 일어선 진운은 게티아에 시선을 집중했다.

여자를 알고 싶다면 여자에게 물어보면 되는 것이다.

그리고 마신을 알고 싶다면 마신에게 물어보면 된다.

진운에게는 이미 자기 발로 게티아에 봉인된 마신이 있었다.

바로 레오날드라는 마신이 말이다.

—아!

레이나도 진운이 게티아에 시선을 떼지 않자 뒤늦게 생각난 듯 표정이 밝아졌고, 진운은 곧장 레오날드를 불렀다.

"레오날드."

[⋯⋯.]

"이봐, 레오날드."

[⋯⋯.]

분명히 진운이 레오날드를 부를 때 게이타를 낀 손가락에 아주 미세하긴 하지만 느낌이 왔다.

한데 답이 없는 건 분명히 진운이 부르는 소리를 듣고 있지만 레오날드가 일부러 모른 체한다는 뜻이다.

"듣고 있다는 거 다 알아, 레오날드. 대답해."

[⋯나를 잊진 않았나 보군.]

뭔가 서운함이 묻어나오는 듯한 레오날드의 말에 진운은 피식 웃으면서,

"서운한가?"

[뭐, 아니라고 하진 못하지. 게티아에 봉인되어서 마신을 찾아다니면서 뭔가 스펙터클한 모험을 기대했는데⋯ 조금은 실망이기도 하고 말이야.]

"후후훗, 그건 내 마음이지. 그보다 레오날드, 너라면 아스

타로트를 알고 있겠지?"

[당연히.]

진운의 질문에 기다렸다는 듯 대답하는 레오날드이다.

"그럼 마력 동화 과정에 있는 인간을 어떻게 아스타로트에게서 구해낼 수 있는지 알고 있나?"

[왜?]

진운의 질문에 레오날드는 오히려 되물었다. 그리고는,

[왜 마력 동화의 과정에 있는 인간을 구하려고 하지?]

"당연한 거 아냐? 본인이 원하지 않으니까."

[말도 안 돼.]

진운의 말에 레오날드는 정면으로 반박했다.

[쯧쯧쯧, 마력을 우리가 싫은 사람한테 억지로 주는 줄 알고 있나 본데, 우리 마신도 그렇게 시간과 힘이 남아도는 게 아니야. 스스로 원하지 않는 한 아무리 아스타로트라고 해도 마력을 빌려주진 않아.]

"뭐야, 그 말은?"

[마력은 엄격하게 계약을 하지 않는 이상 빌려주는 것도 할 수 없지. 그럼 대충 이해되지?]

레오날드의 말에 따르면, 김아영은 자신이 원하지 않는 힘을 얻은 게 아니라는 말이다.

진운이 레오날드와의 대화를 레이나에게 전해주자 레이나

도 고개를 끄덕이면서,

　―대륙에 흑마법사가 사라진 지 오래되어서 계약이 필요하다는 건 나도 처음 알게 되었어. 그럼… 뭐가 어떻게 된 거지?

　레이나는 진운의 말에 오히려 머릿속이 복잡해졌지만 진운은 반대로 머릿속의 복잡한 퍼즐이 하나씩 맞춰지고 있는 중이었다.

　그리고 어째서 김아영이 그렇게 자신을 애타게 찾았는지도 높은 확률로 짐작되었고 말이다.

　자신과 만나서 이야기를 나누면서 보여주었던 그 모든 것이 연기였다는 것을 깨닫고는 진운은 오히려 허탈해져 웃음이 나왔다.

　"순진한 건 오히려 나였군."

　상대는 국민배우로 불리는 여배우다.

　그런 배우를 상대로 어설프게 자만했으니 속아 넘어가는 것은 어쩌면 당연했다.

　김아영은 지금 진운을 이용하려는 중이었다.

　처음부터 순진한 모습과 가녀린 표정은 모두 진운을 이용하기 위한 하나의 연기였던 것이다.

　―대단하네. 후후훗.

　레이나도 진운의 말을 듣고는 웃었지만 눈빛만큼은 날카

롭게 변해 버렸다.

이유야 어찌 되었든 결과적으로 원인을 제공한 것은 진운 본인이니 할 말은 없지만 이번 일로 또다시 여자란 참 무섭다는 생각이 드는 것은 어쩔 수 없었다.

─어쩔 거야? 도와줄 거야?

"좋다, 싫다 할 입장이 아니긴 하니 우선은 다시 만나봐야겠네. 이번에는 레이나도 같이 말이야."

─알았어. 이번에는 나도 갈게. 아까 같이 갈 걸 그랬어. 그럼 생각보다 빨리 알아챘을지도 모르는데 말이야.

확실히 레이나에게는 연기가 통하지 않았을 것이다.

진실을 가려내는 눈을 가진 엘프 특유의 특성으로 인해 김아영의 연기는 이미 처음부터 들켰을 것이다.

그런데 호랑이도 제 말 하면 온다고 했던가? 진운과 레이나의 이야기가 끝나갈 무렵 진운의 휴대폰이 울었다.

띠리리리리!

요란한 소리에 진운이 휴대폰을 보자 그곳에 선명하게 쓰인 이름은 바로 김아영이었다.

"양반은 못 되겠네."

김아영에 대해서 이야기가 끝나자마자 바로 당사자한테서 전화가 왔으니 말이다.

전화를 받은 진운은 간단하게 몇 마디 하고는 끊었다. 그가 레이나를 보면서 웃고 있었다.

―왜?

"오늘 저녁에 만나자고 하네. 자기 집에서 말이야."

―진운, 너무 쉽게 보인 거 아니야? 오늘 만났는데 바로 집
으로 불러들이다니…….

레이나는 진운을 보면서 웃었고, 진운도 조용히 웃었다.

Chapter 07
그 녀 의 사 정

"국민 여배우라 역시 좀 다르네."

진운은 지금 김아영의 와달라는 연락을 받고 레이나와 같이 그녀의 집 문 앞에 서 있는 상태다.

붉은색의 커다랗고 높은 벽이 길게 늘어져 있고, 진운과 레이나가 서 있는 문 외에는 들어갈 구멍조차 보이지 않았다.

유일하게 다른 문이 하나 있다면 자동차 전용 입구로 보이는 것이 있지만 그것도 두꺼운 금속 재질로 되어 있어 웬만한 차가 돌진해서 박아도 오히려 차가 부서질 것 같았다.

띠이잉!

진운이 벨을 누르자 벨 바로 위에 화면이 켜지더니 아영의 얼굴이 보였다.

아영이 싱긋 웃더니 화면이 꺼지는 것과 동시에 문이 열렸다.

철컹!

문의 잠금 장치가 열리자마자 마치 누가 안에서 당기는 듯 부드럽게 열린 문은 진운과 레이나가 집 안으로 들어서자 천천히 스스로 닫혀 버렸다.

"이런 것도 자동문인가?"

진운은 집의 현관문이 자동으로 움직이는 것을 보고는 잠깐 신기해했지만 별 관심은 없었다.

그런데 현관과 집을 이어주는 계단을 몇 개 걸어 올라갔을까?

"뭐야, 이건?"

진운이 온몸이 끈적끈적해지는 느낌을 받으면서 인상을 찌푸리자 레이나도 미간을 찡그리면서,

—이건… 마력(魔力)이야.

현관문을 열고 들어오기 전까지만 해도 전혀 느낄 수 없었던 마력의 기운이 계단 몇 개를 사이에 두고 급격하게 진운과 레이나를 압박하듯 다가왔다.

—생각 이상이야.

레이나도 설마 이 정도로 마력이 가득한 집이 있을 줄은 전혀 생각도 못한 듯 긴장하기 시작했다.

진운도 마력이 느껴지자 곧바로 몸 안의 마나를 급격하게 활성화시켰다.

그리고 혹시나 몰라 언제든지 칼라드볼그를 꺼낼 수 있게 슬쩍 아공간을 열어두는 것도 잊지 않았다.

혹시라도 아스타로트가 공간을 차단하는 결계를 치면 귀찮아지기에 애초에 그런 것을 차단하는 목적도 있었다.

하지만 이런 진운과 레이나의 걱정과 달리 저택 입구에 들어서자 더 이상 마력이 느껴지지 않았다.

"…마치 마력의 벽을 통과한 것 같네."

진운이 자신의 느낌을 솔직하게 말하자 레이나도 동감이라는 듯 고개를 끄덕이면서,

—나도 그래. 하지만… 상대가 마신인 것치고는 의외로 약한 것 같은데.

레이나는 마력이 벽을 만들어 저택을 감싸고 있는 것에서 확실히 마신의 존재는 느꼈다.

하지만 왠지 마신이라고 하기에는 뭔가 부족해 보이는 것이다.

물론 레이나의 그런 생각은 오래가지 못했다.

철격!

김아영이 문을 열고 진운과 레이나를 맞이하기 위해 나타
났기에 레이나는 생각보다 우선 김아영에 집중하기로 했다.

"혹시… 그때 광고 촬영장에서 본……?"

김아영이 레이나를 보고 아는 척을 하자,

―네, 맞아요. 진운의 동료예요.

"……!!"

레이나는 그저 순수하게 동료라는 뜻으로 말했지만 아영
에게는 그렇게 들리지 않고 진운이나 자신과 같이 특별한 힘
을 사용하는 사람으로 오해해 버렸다.

"아, 어서 오세요. 환영해요."

지금 아영에게는 한 명이라도 이 힘을 아는 사람이 더 있는
것이 도움이 된다고 생각했기에 레이나의 방문을 오히려 크
게 반겼다.

그렇게 반기는 아영과 레이나가 눈빛이 서로 잠시 마주쳤
는데 이상하게 레이나의 표정이 살짝 굳어버렸다.

저택 안으로 들어오자 확실히 바깥에서 보았던 느낌 그대
로 커다란 저택이었다.

1층에는 아예 방이란 게 없는 듯 커다란 거실과 주방만 있
는 듯했고, 나선형으로 만들어진 계단이 2층으로 올라가는
길이었다.

모두가 원목으로 만들어져 한눈에 봐도 비싼 집이라는 감

탄사가 절로 흘러나올 만큼 대단한 모습이다.

하지만 진운에게는 그저 좋은 집이라는 정도였고, 엘프인 레이나에게는 인간의 감각으로 만든 저택이 크기만 하고 별로 실용적이지 않아 보일 뿐이다.

오히려 레이나에게는 진운과 함께 사는 작은 아파트가 더 실용적으로 느껴졌다.

"앉으세요."

아영은 진운과 레이나를 우선 자리에 앉히고는 손수 주방에서 차를 끓여 내와 진운과 레이나를 대접했다.

분명히 자신의 집에서는 김아영의 연기에 속았다는 생각에 허탈했는데 막상 이렇게 또 아영과 마주하고 보니,

'정말… 연기일까?'

라는 의문이 들 만큼 너무나 자연스러운 아영의 행동과 모습에 진운은 헷갈렸다.

하지만 억지로 머릿속에서 잡념을 지워 버린 진운은 이번에는 레이나가 있기에 좀 더 대담하게 아영에게 질문했다.

사무실에서는 시간에 쫓겨 하지 못했던 여러 가지 이야기를 나눌 수가 있었다.

그렇게 거의 한 시간가량 흘렀을까?

"잠시 실례 좀 할게요."

아영이 일어서더니 2층으로 올라갔다.

“어때?”

아영이 2층으로 가자 진운이 레이나를 향해 물었다.

레이나는 시종일관 굳은 표정으로 말없이 진운을 쳐다보더니,

—진실만 말하고 있어.

“…….”

진운은 레이나의 말에 당황했다.

분명히 모든 정황을 보면 아영이 거짓 연기를 하는 것으로 생각했는데 막상 다시 와보니 레이나의 눈에도 진실로 보였다는 것이다.

레이나는 그 어떤 인간의 거짓말도 엘프의 눈은 알아볼 수 있다고 했다.

지금까지 상황을 추리해 보면 김아영은 분명히 진운에게 계획적으로 접근했고, 이용하기 위해서 거짓 연기를 한다고 생각되었다.

하지만 정작 레이나가 본 아영은 저택을 들어와서부터 지금까지 자신들에게 단 한 번도 거짓을 말한 적이 없다고 하니 당황하지 않을 수가 없는 것이다.

“정말?”

—응. 김아영은 진실만 말하고 있어. 그리고 두려워하고 있어.

“젠장, 이게 어떻게 된 거야?”

분명히 레오날드는 마력을 사용하기 위해서는 무조건 마신과 계약을 해야 한다고 했다.

이건 마신 할아비가 와도 절대로 어길 수 없는 규칙이라고 했으니 분명할 것이다.

스스로 게티아에 봉인된 레오날드가 거짓말을 할 리도 없고 말이다.

그가 봉인될 때 게티아의 소유주인 진운에게 복종하기로 스스로 약속했으니 레오날드의 말은 의심할 여지가 없었다.

그리고 엘프인 레이나의 말 또한 절대적으로 신뢰하는 진운이다.

지금까지 같이 지내오면서 쌓아온 신뢰는 레오날드보다 오히려 레이나의 말을 더 신뢰할 정도이니 말이다.

결론적으로 레오날드는 김아영이 거짓말을 했다고 하지만, 막상 와보니 김아영은 진실만 말하고 있다.

그것도 기획사 사무실에서 보여줬던 것과 똑같이 자신의 힘을 두려워하고 있으면서 말이다.

“어떻게 된 거야?”

상황이 이렇게 되자 진운의 머릿속은 뒤죽박죽 복잡해져 버렸고, 그사이 볼일을 마친 아영이 다시 2층에서 내려왔다.

내려오는 그녀의 손에 나무로 만들어진 작은 상자가 들려 있었다.

"……?"

뜬금없이 상자를 들고 내려오자 진운이 물어보려는 찰나 아영이 먼저 입을 열었다.

"아버지의 유품이에요."

"유품… 이라니?"

"아직 알려지진 않았지만 절 키워주신 아버지와 어머니께서 제가 데뷔한 지 1년 후, 그러니까 1년 전에 두 분 다 돌아가셨거든요. 그리고 이건 돌아가신 아버지께서 꼭 저에게 주라고 변호사에게 부탁했다고 해요."

진운은 우선 아영이 내민 상자를 살펴봤다.

검은색에 가까울 만큼 옻칠이 잘되어 있고 그냥 봐도 제법 값어치가 나갈 것처럼 보이는 목함이다.

하지만 단순한 목함이 아니라 겉에는 자개로 나비 문양이 그려져 있고, 자물쇠가 걸려 있었다.

"이건 뭐죠?"

진운이 자물쇠를 가리키면서 묻자,

"그건 저도 아직 열어본 적이 없어서 모르겠어요. 변호사님 말로는 목함만 전해주라는 유언을 남겼다고 해요. 열쇠는 저도 찾지를 못해 아직 열어본 적이 없어요."

"음……."

진운은 왠지 목함이 이상하게 거슬렸다.

그리고 자꾸 열어보라는 듯 머릿속으로 울림도 들리고 말이다.

"강제로는 열어본 적은 없나요?"

진운은 미련이 남는 듯 다시 아영에게 물어보자 아영은 고개를 흔들면서,

"아니요. 키워주신 부모님의 유품이라 그냥 보관만 하고 있어요."

"네."

죽은 부모님의 유품이니 아무래도 강제로 열 생각까지는 하지 않은 듯했다.

하지만 계속 저 목함이 진운의 신경을 건드리는 것은 왜인지 알 수가 없었다.

"그런데 이건 왜 가지고 내려오신 거죠?"

진운이 아영에게 유품을 가지고 내려온 이유를 물어보자,

"사실… 참 말하기… 그런데……."

자신이 목함을 가지고 내려오긴 했지만 막상 말하려니 뭔가 부끄러운 듯 고개를 살짝 숙인 아영은 한참을 그렇게 있다가 겨우 고개를 들고서 이야기를 시작했다.

"사실 한동안 이걸 지하 창고에 보관하고 있었는데 몇 달 전에 창고 정리를 하다가 잊고 있었던 것을 찾아서 제 방에

가져다 놓았어요. 그런데……."

또다시 말꼬리를 흐리는 아영은 서서히 목이 붉어지더니 곧 양 볼에 홍조를 띠고는 그것도 모자라 귀까지 붉게 변했다.

"저기… 제 말 듣고 이상한 여자라고 생각하지 않으실 건가요?"

너무나 조심스러워하는 아영의 말에 진운은 웃으면서 고개를 끄덕였다.

"네."

진운이 시원스럽게 대답하자 아영은 슬쩍 레이나를 쳐다봤고, 레이나는 그런 아영의 눈빛에 조용히 고개를 끄덕였다.

─전 누군가의 비밀을 말하지 않아요.

"네."

레이나까지 대답을 했지만 그래도 쉽게 결심이 서지 않는지 잠시 심호흡을 하던 아영은 그 후로도 몇 분이 지나서야 겨우 입을 열었다.

"그게… 밤마다… 아니, 집에서 잠을 자면… 그게… 어떤 여자가 저에게 다가와요."

"……?"

진운은 아영의 말을 듣긴 했지만 무슨 말인지 전혀 몰랐고, 레이나도 고개를 갸웃거렸다.

　그렇게 두 사람 다 알아듣지 못하는 듯하자 아영은 다시 입을 열었다.

　"그러니까… 제가 집에서 잠을 자면… 벌거벗은 여자가 제 꿈에 나타나서 저에게 다가와요."

　진운은 그제야 아영의 말을 이해했다.

　"험험!"

　민망함을 감추는 듯한 헛기침을 한번 하고는,

　"아는 사람입니까? 아니면 본 적이 있거나."

　진운의 말에 아영은 고개를 강하게 저었다.

　"아니요. 처음 봐요. 금발에 푸른 눈을 가진 여자예요. 그리고 이 목함을 제 방에 가져다 놓은 뒤로는 한 번도 빠지지 않고 제 꿈속에 나타나요."

　유품이 창고에 있을 때는 아무런 이상이 없다가, 자신의 방으로 옮긴 뒤로 이상한 여자가 나타난다고 한다.

　진운은 갑자기 무슨 괴담처럼 변해 버린 상황에 잠시 생각하는 듯하더니 레이나를 쳐다보았다.

　레이나도 고개를 흔들면서,

　─모르겠는데, 왜 그런지.

　진운과 레이나가 난감해하는 표정이자, 아영이 손을 들었다.

　"그냥… 부담 드리려고 한 게 아니라 이왕 오신 김에 다 알

려 드리는 게 도움이 될 것 같아서요. 전 이런 힘, 왜 생겼는
지 알고 싶어요. 그래서 버릴 수만 있다면 버리고 싶어요."

아영이 한마디 할 때마다 레이나는 먹이를 노리는 매의 눈
으로 살펴보았지만 역시나 아영은 진실만 말하고 있었다.

마치 진흙탕에 빠져드는 것 같은 지금의 상황은 어떻게든
풀려고 하면 할수록 어째서인지 자꾸 복잡하게 꼬여가는 것
같았다.

그리고 말없이 생각하는 듯하던 진운은 시선을 목함에 고
정시키고는 그렇게 한참을 가만히 있었다.

그러다 제법 시간이 흐른 후 시선을 목함에서 거둔 진운은
아영을 바라보면서,

"실례가 되지 않는다면… 이거 제가 열어봐도 될까요?"

"네?"

아영은 진운이 갑자기 목함을 열어봐도 되겠냐고 하자 살
짝 당황하는 듯했지만 곧 고개를 끄덕였다.

아무리 키워주신 부모님의 유품이긴 하지만 이것 때문에
집에 들어오기가 무서울 정도로 힘들었다.

거기다 아영도 자신이 목함을 들고 나올 때부터 유독 진운
의 시선이 목함에 집중되는 것을 느끼고 있었기 때문이다.

"열어주세요."

아영이 지금이 아니면 어쩌면 영원히 열 기회가 없을지도

모른다고 생각되어 진운을 똑바로 보면서 말하자 진운은 곧바로 목함을 들어 자물쇠를 손으로 움켜잡았다.

"하아!!"

마나를 최대한 활성화하기 시작했다.

화르륵!!

집안인데도 진운의 몸에서 일어난 마나의 바람으로 인해 아영의 머리카락이 잠깐 살랑거리듯 움직였다.

그리고 진운이 자물쇠를 잡고 있는 손에 마나를 집중시키자,

우지끈!!

검은색 금속으로 만들어져 있는 자물쇠는 비스킷이 부서지듯 쉽게 부서져 버렸다.

진운은 다시 목함을 내려놓고 아영을 보면서,

"이것을 여는 것은 아영 씨가 하셔야 할 것 같네요."

그래도 유품이니 가족이 여는 것이 옳은 일 것 같아서 진운이 내밀자 아영은 목함을 보고서 심경이 복잡한 듯 눈동자가 흔들렸다.

"……"

우선 무서워서 자물쇠를 부수긴 했지만 죽은 부모님이 떠올라 역시나 쉽게 손이 움직이지 않은 것이다.

그런 아영의 모습을 본 진운은,

"돌아가신 부모님도 아영 씨가 힘들어하는 걸 원치 않을 겁니다."

"…네."

진운의 위로가 통했는지 아영은 천천히 손을 내밀어 잠금 장치가 부서져 버린 목함의 뚜껑에 손을 대었고, 그리고 천천히 열었다.

그런데,

"이건……?"

모두를 긴장시킨 목함이 드디어 열렸다.

그곳에 있는 레이나와 진운, 그리고 아영까지 시선이 집중된 것은 당연했다.

그런데 그렇게 긴장시킨 목함 속에서 나온 것은 진흙으로 구워 만든 듯한 사람 모양의 토기였다.

마치 옛날 유적에서나 볼 법한 형이상학적인 모습이지만 확실히 사람을 본떠 만든 토기였다.

"토용(土俑)… 이군요."

진운은 목함 속에 나온 사람 모양의 토기를 보고 중얼거리듯 말하자,

─토용이라니?

레이나가 자신이 모르는 것이 나왔다는 것에 호기심이 생겼는지 물어봤고, 진운은 토용에 대해서 설명을 시작했다.

토용은 한마디로 사람 대신 무덤에 같이 넣는 것으로, 원래 옛날 중국이나 한국, 그리고 멀리 마야인들에게도 있었던 풍습으로 순장할 때 사용한 것이다.

간단하게 설명하면, 옛날에는 남편이 죽으면 아내도 같이 생매장 하는 순장이라는 풍습이 있었다고 한다.

그런데 그게 너무 악독해 폐지되어야 한다는 말이 많았고, 아무래도 생매장당해 죽는다는 공포 때문에 결국 살아 있는 사람을 같이 묻는 것은 사라졌지만, 순장 자체는 계속 이어져 온 것이다.

그러다 보니 사람 대신 넣어야 할 것이 필요하게 되었고, 그래서 만들어진 것이 바로 토용이다.

토용 자체로는 크게 가치는 없지만 워낙에 오래전에 만들어졌고, 나름 계급이 높은 사람의 무덤에서 나온다는 것 때문에 역사적 가치는 충분히 있었다.

그리고 의외로 토용은 좀 흔한 편이기도 했다.

놀랄 만큼 귀한 것은 아니라는 말이다.

—아, 여기도 그런 게 있었구나.

레이나가 진운의 설명을 듣자마자 바로 이해하는 것을 보니 아마 대륙에도 비슷한 풍습이 있는 듯했다.

아무튼 그건 나중에 듣기로 하고, 진운은 뜬금없이 목함에서 나온 토용을 보고는 고개를 갸웃거리다가 아영을 보았다.

"제가 좀 봐도 될까요?"

엄연히 주인이 있는 물건이니 허락을 받는 것은 당연하기에 물었고, 아영은 고개를 끄덕였다.

진운이 하자고 하면 웬만하면 따르는 것을 보면 아영도 꽤나 진운을 신뢰하는 듯했다.

거기다 레이나의 말에 따르면 거짓말도 하지 않는다고 하니 말이다.

"어디……."

진운이 목함 속에 있던 토용을 향해 손을 뻗어 손가락 끝이 닿았을 무렵,

촤아앙아!!

갑자기 목함에서 엄청난 마력이 폭발하듯 뿜어져 나왔다.

―진운!!

레이나도 갑작스런 현상에 급히 양손을 앞으로 내밀면서,

―퓨리파이(Purify)!

라고 외치면서 마력과 상극인 마나의 힘으로 마력을 정화하는 주문을 외쳤다.

스팟!!

레이나의 마법 능력에 비해 그녀가 뿌린 빛은 매우 짧았다. 그런데 그 짧은 빛마저도 목함에서 뿜어져 나온 마력에 허무하게 사라졌다.

—실드(Shield).

마력을 정화하는 주문이 먹히지 않자 어쩔 수 없이 레이나는 마나를 끌어올려 실드를 치고는 서둘러 진운에게 손을 뻗었다.

하지만 어찌 된 일인지 레이나의 손에 잡힌 것은 진운이 아니라 김아영이었다.

"쿨럭쿨럭!"

갑작스런 마력으로 인해 아영은 숨도 쉬기 힘들 만큼 엄청난 압박감을 느끼고 있다가 레이나의 손에 이끌려 실드 안으로 들어오자 겨우 막혔던 숨이 열려 기침과 함께 크게 심호흡을 했다.

—이게 어떻게 된 일이지……!

레이나가 급히 고개를 들어보아도 진운의 모습이 보이지 않았다.

*　　*　　*

어둠이 가득한 곳.

진운은 지금 자신의 눈앞에 있는 존재에게서 눈을 돌릴 수가 없었다.

아니, 잠깐이라도 눈을 돌리면 자신이 어떻게 될지도 모른

다는 느낌이 너무나 강해서 억지로 시선을 부여잡고 있는 중
이다.

　[처음 뵙겠습니다.]

　공손하게 진운을 향해 허리를 숙여 인사하는 존재는 실오
라기 하나 걸치지 않은 눈부신 나체의 여성이었다.

　진운은 그녀를 보자마자 한눈에 아영이 말했던 여자라는
것을 알았다.

　그리고 그녀가 누군지도 말이다.

　"아스타로트……."

　진운이 나직하게 말하자 아스타로트는 고개를 들면서 눈
으로 웃었다.

　[솔로몬의 후인이여, 생각보다 너무 약하군.]

　"칫!"

　진운은 아스타로트의 비아냥거림에 억울하지만 반박할 말
이 없었다.

　갑작스럽게 뿜어져 나온 마력에 순간적으로 방심했는지
모르지만 다시 눈을 떴을 때 진운의 눈앞에는 검은색의 공간
과 육감적인 몸매에 실오라기 하나 걸치지 않은 모습의 아스
타로트뿐이었으니 말이다.

　아스타로트를 본 순간 진운은 칼라드볼그를 꺼내려고 했
지만 아공간이 열리지 않았다.

이건 명백하게 방심한 자신의 실수라는 것은 변명의 여지가 없었다.

[뭐, 그대에게 나도 딱히 손대고 싶은 생각은 없다. 게티아의 주인에게 대들었다가 나중에 내가 손해 볼 일이 많으니까 말이야. 후후훗.]

마치 요염한 요부의 눈웃음을 보는 듯 색기가 흐르는 아스타로트의 웃음은 남자라면 누구라도 흔들릴 테지만 진운만은 예외였다.

아니, 72마신 모두가 자신들의 그 어떤 특기로도 진운을 유혹하는 것은 불가능했으니 말이다.

"그럼 왜 나를 너의 공간으로 데려온 거지?"

진운은 자신만이 열 수 있는, 칼라드볼그가 있는 아공간이 열리지 않는다는 사실에서 이곳이 아스타로트가 만든 그녀만의 공간임을 이미 알아챘다.

[쓸데없는 관객은 나도 별로 좋아하지 않아서 말이야. 그리고 계약을 인계받을 인간이 자꾸 나를 거부해서 조금 마음이 상한 상태이기도 하고.]

"계약… 인계……!!"

아스타로트의 말을 듣고서야 드디어 아영에 대한 마지막 퍼즐이 맞춰졌다.

완전히 이해를 하게 된 것이다.

진운은 자신의 시야가 얼마나 좁았는지도 깨닫게 되었다.

[몰랐나 보군. 내가 계약한 인간은 그녀가 아니라 그녀의 아버지였지. 그리고 계약의 증거를 그녀에게 넘겼으니 당연히 난 계약 인계를 위해 그녀에게 접근했는데 어째서인지 자꾸 거부하더군.]

아스타로트 입장에서는 계약을 맺고 있던 아영의 아버지가 죽어버리는 바람에 계약이 도중에 파기될 상황이었다.

그런데 아버지는 무슨 생각에서인지, 아니면 처음부터 그럴 작정이었는지 모르지만 아스타로트와의 계약의 증거를 유품으로 아영에게 물려주었던 것이다.

문제는 그녀에게 아무런 말도 남기지 않았다는 것이다.

그녀가 왜 마력을 사용하면서도 마력에 물들지 않았는지도 진운은 이해가 되었다.

애초에 아영이 계약자가 아닌 상황에서 아영이 마력을 쓴다 해도 마력에 물들 이유가 없었다.

다만 그녀의 아버지가 계약자이기에 같은 공간에 살아가다 보니 자연스럽게 마력이 몸에 쌓이면서 어쩌다가 마력을 사용하게 되는 상황까지 벌어져 버린 것이다.

한마디로 김아영은 지금까지 진실을 말한 것이 맞았다.

그리고 지금 일어난 모든 일의 원흉은 바로 그녀의 아버지이기도 했다.

"그녀는 원치 않았으니까."

진운은 상황이 완전히 파악되자 아스타로트에게 강하게 한마디 했다.

그러자 그녀는 웃으면서 진운을 가만히 바라보더니,

[예언이… 맞는 건가?]

"……?"

[뭐, 상관없겠지. 그보다 게티아의 주인이여, 그대는 솔로몬 왕의 후예로서 72마신을 모두 봉인할 생각이겠지?]

아스타로트의 말에 진운은 생각할 것도 없이 큰 소리로,

"당연하지! 할 수 있는 데까지 다 봉인할 생각이다."

[쩝, 어째 솔로몬이나 그 후예나… 저렇게 융통성이 없는지. 그럼 한 가지 거래를 하는 건 어떤가?]

"거래?"

물론 아스타로트가 현재 자신의 공간에 진운을 가둬놓고 있긴 하지만 진운의 손에 게티아가 있는 이상 함부로 손대는 것은 오히려 바보 같은 짓이다.

아스타로트의 몸이 게티아에 닿는 순간 봉인식이 자동으로 시작될 테고, 게티아의 봉인은 절대로 도중에 멈출 수가 없으니 말이다.

하지만 그렇다고 진운이 유리한 상황도 아니었다.

완전히 공간이 분리되어 있는 이곳에서 칼라드볼그를 꺼

내지 않는 한 아스타로트를 상대로 우위를 점할 수도 없으니 말이다.

그러다 보니 지금 진운이나 아스타로트나 서로 미묘하게 눈치만 보고 있는 상황인데 이런 때에 아스타로트가 거래하자고 하니 진운의 마음이 흔들린 것은 당연했다.

[그대도 알고 있을 것이다. 난 본래 바벨로니아의 신이었다.]

"알고 있다."

[뭐, 그대라면 솔로몬이 그냥 후인으로 삼지 않았을 테니……. 그럼 간단하게 말하지. 난 이제 마신에서 벗어나고 싶다. 도와주겠나?]

"……?"

뜬금없이 마신에서 벗어나고 싶다는 아스타로트의 말에 진운이 고개를 갸웃거리자,

[마신을 봉인하는 게티아, 그리고 신도 죽일 수 있는 칼라드볼그, 둘 다 소유한 그대만이 이 거래를 받을 자격이 있기에 정중하게 청하는 것이다. 어떤가? 나를 도와줄 텐가?]

마신이 마신을 벗어나게 도와달라는 말에 진운은 순간 이걸 어떻게 받아들여야 하는지 난감했다.

그렇다고 아스타로트가 거짓말을 하는 것 같지도 않았다.

정말 아스타로트가 독한 마음을 먹었다면 이렇게 자신의

공간에 둘만 남아 있진 않을 것이다.

그녀도 분명히 마신이고 72마신 중에 톱클래스에 해당할 만큼 강한 마신이기도 하니 말이다.

비록 진운은 손대지 못하지만 레이나와 아영을 인질로 잡을 수도 있고, 할 수만 있다면 진운을 협박할 수단은 많이 있었다.

하지만 그렇다고 아스타로트의 말만 듣고 덥석 받아들일 수도 없는 것 아닌가?

"널 어떻게 믿지?"

진운이 의심을 풀지 않자 아스타로트는 딴에 자존심이 상한 듯 인상을 찡그리더니,

[난 마신이다. 비록 교활할지언정 거짓을 말하진 않는다. 그리고 마신은 자신이 한 말은 존재를 걸고 지켜야 한다.]

"……"

그래도 진운이 왠지 망설이는 듯하자 아스타로트는 결국 짜증을 부리더니,

[그대가 원하는 조건을 말하라. 내가 들어줄 수 있는 조건이라면 먼저 내가 실행하도록 하지. 이러면 날 믿을 텐가?]

어지간히도 마신을 때려치우고 싶은지 아스타로트는 결국 먼저 고개를 숙이고 들어왔다.

물론 이렇게까지 상황을 몰고 간 것은 모두 진운이지만 말

이다.

씨익~

아스타로트가 백기를 들고 먼저 항복하자 그제야 진운이 입가에 미소를 띠었다.

아스타로트는 그런 진운의 웃음을 보고,

[그대는… 교활하군. 어쩌면 우리 마신들보다 더욱더… 교활해.]

"상대가 상대라서 말이야. 후후훗."

진운은 철저하게 자신이 유리하다고 판단하자마자 배짱을 부리면서 아스타로트의 애간장을 태운 것이다.

진운이야 아스타로트와 거래를 해도 그만, 안 해도 그만이었다.

결국 성질 급한 아스타로트가 먼저 거래를 하자고 말을 꺼낸 순간 이미 상황은 진운에게 기울어져 버렸고, 진운은 그 기회를 놓치지 않았다.

"우선 아영 씨에게서 마력을 회수하도록 해. 단, 너의 영향력은 그대로 두고 말이야."

[알았다.]

진운의 말을 들은 아스타로트는 똥 씹은 표정으로 진운을 한번 날카롭게 째려보았지만 결국 어깨에 힘을 빼고는 축 늘어뜨린 채 알았다고 대답했다.

아무리 아스타로트가 용을 써도 이미 한번 넘어온 칼자루를 진운이 넘겨줄 리가 없으니 방법이 없었다.

"좋아, 그럼 말해봐. 거래에 대해서 말이야."

자신의 것을 다 챙긴 진운이 뒤늦게야 거래를 하자고 말하자 아스타로트는 한숨을 내쉬었다.

하지만 다시 본래의 모습으로 돌아와 어깨를 활짝 펴고는,

[나를 죽여라.]

"……?"

진운은 아스타로트의 말을 듣고서는 한숨을 쉬면서,

"장난하지 마."

마신의 껍질을 벗어나고 싶다고 했던 아스타로트가 거래를 하자고 하더니 느닷없이 '나를 죽여라' 라고 하는데 그걸 진운이 진심으로 받아들일 리가 없었다.

하지만 그런 진운의 반응에도 아스타로트는 요염하면서도 색기가 흐르는 눈웃음을 지으면서,

[나를 죽이라는 것이 맞기도 하지만 틀리기도 하다.]

"무슨 말이야?"

[그대는 아직 모르는 것 같지만 난 원래 둘이다.]

"뭐?"

레메게톤에도 전혀 언급이 없었던 말이다.

다만 남성과 융합해서 악마로 떨어진 마신이라는 설명이

있긴 했지만 아스타로트의 말과는 제법 괴리감이 있었다.

[아스타로트… 라고 하지만 내 본명은 아스타르테이지. 그리고 나의 또 다른 하나의 이름은 아스도렛이다.]

"아스타르테… 아스도렛……."

진운은 잠시 생각하더니,

"대충 내가 이해한 것이 맞는다면 아스도렛이라는 너의 다른 하나를 죽여 달라는 말이겠지?"

[맞다. 나를 마신으로 있게 만드는 것은 바로 나의 또 다른 하나, 파렴치한 행위라는 의미를 가진 아스도렛이 있기 때문이니까 말이야. 그 녀석만 소멸된다면 난 다시 마신을 벗어나 본래의 위치로 돌아갈 수 있다.]

"나 참……."

그렇다고 자신의 다른 하나를 죽여 달라고 하는 아스타로트의 모습을 보면 진짜 어지간히도 마신이 하기 싫은 것 같긴 했다.

그리고 진운은 처음에 봉인했던 마신 레오날드도 그렇고 이번에 아스타로트도 그렇고, 뭔가 마신과의 박 터지게 싸움을 기대한 것은 아니지만 요상하게 진운에게 조금은 편하게 흘러가고 있었다.

'설마 72마신 전부 다 제 발로 봉인되려고 오는 건 아니겠지.'

순간 진운은 레오날드의 경우도 있고 지금 아스타로트의 모습을 봐도 어쩌면 72마신 전부는 아니지만 몇몇은 자기 발로 게티아에 봉인되기 위해 올지도 모른다는 생각이 들었다.

물론 그게 싫은 것은 아니지만 이상하게 가슴 한곳이 허전하기도 했다.

칼라드볼그를 바벨의 탑에서 받긴 했지만 어떻게 한 번도 써보질 못했으니 말이다.

순간이지만 이러다 칼라드볼그가 녹슬어 버리지는 않을지 살짝 걱정이 될 정도다.

[어떤가? 받아들일 텐가?]

아스타로트는 진운을 보면서 내심 긴장하고 있었지만 진운에게는 오히려 쌍수를 들고 환영할 일이었다.

마신과 굳이 싸우지 않아도 되니 말이다.

물론 아스타로트가 말한 또 다른 아스타로트인 아스도렛을 죽이기 위해서는 아마 그토록 고대하던 박 터지는 싸움을 해야 할지도 모르겠지만 지금은 좋았다.

"좋아."

[그럼 나 대공작 아스타로트의 이름으로 선언한다. 그대 게티아의 주인과 계약이 성립되었음을.]

뭔가 거창한 듯 하늘을 향해 손을 뻗어 말하는 것치고는 참으로 짧게 끝나는 계약이다.

[그럼 나도 그대와의 계약을 이행하도록 하지.]

그 말을 끝으로 어둠 속에 녹아들 듯 아스타로트는 사라져 버렸고, 진운을 감싸고 있던 어둠도 사라졌다.

―진운!!

갑자기 허공에 그림자처럼 나타난 진운의 모습에 레이나가 급히 실드를 해제하고 다가오자,

"놀랐어?"

―당연히 놀라지!

"쩝. 미안. 내가 좀 방심했나 봐."

―…내가… 진운 때문에… 못살아.

"……?"

진운은 레이나의 말에 피식 웃었다.

언제부터인지 모르지만 레이나의 말투가 점점 딱딱했던 대륙의 엘프에서 평범한 지구의 여자로 변화되고 있는 것 같았기 때문이다.

방금 '진운 때문에 못살아' 하는 말도 일반적으로 주부들이 남편에게 하는 소리이니 말이다.

하지만 그런 것을 생각하던 진운은,

'TV에서 배웠을지도.'

워낙에 불륜에 막장 드라마가 많다 보니 TV를 보고 배웠을지도 모른다고 순간 생각되었다.

“진운 씨.”

아영도 뒤늦게 갑자기 사라졌다 나타난 진운의 곁으로 다가왔다.

“이제 더 이상 없을 겁니다.”

“……!!”

진운의 말에 아영은 눈을 동그랗게 뜨더니 곧 확인하려는 듯 노래를 부르기 시작했다.

그리고 노래가 끝날 때까지 아무런 일도 일어나지 않았고, 아영의 눈에서 비로소 안도의 한숨과 함께 눈물이 한 방울 흘러내리는 것을 진운은 볼 수 있었다.

“그럼 이제 저희는 이만~”

진운은 웃는 얼굴로 레이나와 함께 아영의 집을 나오면서 잊고 있었다는 듯 고개를 돌려 배웅하는 아영에게 말했다.

“저기 아버지 유품… 이제 방에 놔둬도 될 겁니다. 소중히 간직하세요!”

혹시라도 조금 전에 마력이 뿜어져 나오는 경험 때문에 부모님의 유품을 버리거나 꺼려할지도 모른다는 생각이 들어서 한 말이다.

아영은 잠깐 표정이 굳었다가 곧 부드럽게 변하면서 고개를 끄덕였다.

그리고는 진운과 레이나에게 크게 손을 들어 흔들면서,

“고마워요!”
　라고 소리치자 진운은 그런 아영에게 슬쩍 고개를 숙여 보
였다.
　“별말씀을.”

Chapter
08
쉬운 공부

"벌써 내일이구나."

아스타로트와의 일이 있은 지도 벌써 제법 시간이 흘렀다.

그리고 그동안 진운은 부지런히 S대 복학 준비를 했고, 시간이 어떻게 흘러가는지도 모를 만큼 빠르게 지나가 버렸다.

―진운, 대학 도서관에는 아무래도 책이 많겠지?

"음… 뭐, 아무래도 대학이니까."

일반적으로 대학교에는 교내 도서관이 하나씩 있다.

물론 공부를 위한 독서실 위주의 도서관이 있는 곳도 있고 책을 제법 많이 보유하고 있는 도서관도 있다.

하지만 S대는 국내에서 최고라는 자부심에 걸맞게 전국에서 책 보유량이 가장 많은 도서관이기도 했다.

단일 도서관으로는 아마 국내에서 최고라고 해도 결코 틀린 말이 아니다.

하지만 진운은 그걸 전혀 모르고 있었다.

워낙에 몇 달 안 되는 시간 안에 복학 준비를 해야 했고, 복학할 학교가 아무래도 S대이다 보니 준비해야 할 공부 양도 많았기 때문이기도 했다.

결정적으로 요즘 진운은 공부가 재미있다고 생각하는 중이었다.

사실 보통 사람들은 공부는 재미가 없다고 한다.

아니, 길 가는 사람 붙잡고 100명에게 물어보면 아마 거의 높은 확률로 99명 모두가 공부는 재미없다고 할 것이 분명하다.

물론 100명 중 1명 정도는 아마 공부가 재미있다고 하는 사람도 있긴 할 테지만 그럴 확률은 극히 낮은 편이다.

그런데 왜 공부가 재미가 없을까? 생각해 보면 간단했다.

그건 어렵기 때문이다.

수학은 공식부터 수식까지 어렵고, 외국어는 다른 나라 말을 읽고 쓰고 해야 하니 당연히 어렵다.

그뿐인가?

여러 가지 교양부터 시작해 배워야 할 것이 너무나도 많다.

하지만 가만히 생각해 보면 그렇게 배운 것을 살아가면서 얼마나 사용하게 될까?

아마 극히 일부분을 빼고는 대학에서 죽으라고 한 공부의 대부분을 사용도 하지 않고 기억 속에서 쓸쓸히 잊혀갈 것이다.

실제로 경제학과를 나온 우수한 사람이 회사에 들어가서 가장 먼저 하고 가장 많이 하는 것은 뭘까?

직장 생활을 시작한 지 얼마 되지 않는 신입사원이라면 거의 이구동성으로 말할 것이다.

'복사, 커피 심부름' 이라고 말이다.

그만큼 실제로 대학에서 죽어라 공부해 봐야 써먹을 데가 없다.

그리고 어렵기만 하다.

머리는 아프고 성적에 스트레스 받아야 하고…….

가만히 보면 공부가 재미없을 수밖에 없는 환경인 것이다.

해봐야 결국 남는 것도 없는데 의욕이 생기겠는가?

하다못해 공부가 쉬우면 어느 정도 해볼 만할지도 모르겠지만, 중학교 과정보다 당연히 고등학교 과정이 어렵고, 고등학교 과정을 넘으면 대학교 과정이 남아 있다.

그리고 대학교 과정이 어찌 보면 공부를 하는 삶을 살아가는 일반 사람들에게 최종 보스나 마찬가지다.

학점 0.1에 자신의 정신을 불태워야 하는 그런 엄청난 보스 말이다.

물론 진운도 일반적인 다른 사람들과 다를 게 없다.

공부란 어렵고 힘들다.

하지만 최근 복학 준비를 하면서 공부를 시작한 뒤로는 공부가 너무나 재미있고, 실제로 공부를 하면 할수록 더욱 흥미가 생겼다.

오죽하면 복학해서 공부해야 할 분량을 넘어서 이미 졸업 준비를 하는 취업 준비생들이 하는 공부를 최근에 했을 정도이니 더 이상 설명이 필요 없으리라.

ㅡ진운, 나도 가도 될까?

"응? 어딜?"

ㅡ진운이 앞으로 다닐 S대 도서관 말이야.

진운은 레이나의 말에 잠시 생각하더니,

"뭐, 안 될 건 없을 거야. 대학이라고 해도 일반인한테 개방하는 경우가 많으니까."

사실 지금 레이나는 근처 책방이나 대여점에서 더 이상 읽을 책이 없는 형편이었다.

당연히 그러다 보니 책을 사서 보게 되었는데 책값이 그렇다고 싼 것도 아니었으니 은근히 레이나도 진운의 눈치를 볼 수밖에 없었던 것이다.

그리고 이제 더 이상 책을 사서 보는 것도 한계에 다다른 상태였다.

책을 빌려서 보는 것은 자신이 움직여야 된다는 불편함은 있지만, 첫째로 가격이 싸다.

그리고 보고 반납하면 되기에 뒤처리가 부담이 없는 최대 장점이 있는 것에 비해, 책을 사게 되면 얼마든지 보고 싶을 때 볼 수 있는 편리함은 있지만 한 권 두 권 쌓여가는 책이 점점 부담으로 다가오고 있었다.

특히나 판타지 소설의 경우 대여점이라고 다 있는 것도 아니고, 찾고 찾다 없으면 결국 사봐야 하는데 기본이 6~7권에서 많은 것은 20권까지 되다 보니 아무래도 책을 사서 보는 것은 책값보다 보관 때문에 부담이 되어가고 있었다.

물론 최근에는 헌책방이라는 것을 알게 되어 가끔 가지만 운이 따라줘야만 그나마 건질 만한 책이 있으니 레이나의 책에 대한 욕구가 쌓이다 못해 이제 한계에 다다른 것이다.

진운도 그런 레이나를 잘 알기에 학교에서 개방만 한다면 굳이 막을 생각이 없었다.

어차피 레이나는 한국 판타지 소설 외에는 거의 원문으로 책을 읽을 테니 대학 도서관만큼 괜찮은 곳도 없었다.

―땡큐~

"땡큐?"

순간 진운은 레이나가 한쪽 눈을 살짝 감고 윙크를 하면서 애교스럽게 말하는 모습에 당황하자,

─왜? 이상해?

진운의 반응이 조금 이상했는지 레이나가 다시 물어보자 진운은 웃음을 터뜨렸다.

"아니… 그냥… 엘프도 애교스러운 면이 있는구나 싶어서 말이야."

─음… 뭐… 엘프라고 다 딱딱한 것은 아니니까. 장난치길 좋아하는 엘프도 은근히 많은 편이야. 나야 하이엘프라는 직책 때문에 좀 그랬지만 진운이라면 상관없잖아? 안 그래?

진운에게만큼은 거리낌없이 편안한 모습을 보여주는 지금의 레이나의 모습을 보니 문득 첫 만남이 기억났다.

생각해 보면 그 당시 레이나를 죽일 년, 씹어 먹을 년, 악마 같은 년이라고 하면서 무던히도 욕을 했으니 말이다.

─왜 그래?

진운이 레이나를 보면서 슬쩍 입가에 미소를 지었다.

"그냥 레이나를 처음 만났을 때가 생각나서."

─아, 뭐, 그때는 나도 거의 벼랑 끝에 몰린 상태였으니까.

"하긴 그렇지."

레이나의 말에 진운도 고개를 끄덕였다.

당시 바벨의 탑에서 마지막으로 문을 지키고 있던 드래곤이 맞는지도 불확실한 드래곤을 죽이지 못한다면 그대로 죽거나 영원히 바벨의 탑 안에서 미라가 될지도 모를 상황이었다.

그런 상황에 부드럽게 상대를 대하거나 서로 마음을 터놓는다는 것은 지금 생각해도 아마 무리였을 것이다.

―진운은 어때? 그때의 나와 지금의 나 말이야.

레이나는 말이 나온 김에 슬쩍 진운의 마음을 알고 싶은 건지 흘리듯 물었다.

"그때의 레이나는… 뭐랄까, 강하고 부러지면 부러졌지 절대로 꺾이지 않을 것 같은 모습이랄까?"

―그래? 그럼 지금은?

"지금은? 음……."

가만히 생각하면서 말끝을 흐리는 진운의 모습에 레이나가 기다리지 못하고는,

―왜? 이상해?

라고 물어보자 진운은 오히려 웃으면서,

"갈대~"

―응? 그게 무슨 말이야?

"지금의 레이나를 보면 마치 갈대 같다고나 할까?"

―갈대?

순간 진운이 한 말을 모르겠다는 듯한 표정을 짓던 레이나는 곧 갈대가 뭔지 생각난 듯 말했다.

―진운에게는… 내가 그렇게 쉬운 엘프로 보였나 보네?

일반적으로 여자에게 갈대라는 표현을 쓰는 경우는 대부분 쉬운 여자, 혹은 마음이 쉽게 움직이는 여자를 뜻하기에 레이나가 기분이 나쁘다는 듯 표정이 새초롬해졌다.

진운이 그 모습에 웃었다.

"그런 뜻 아니야."

―뭐가 아니야? 갈대라며. 책에서 봤어. 여자한테 갈대라는 표현은 쉬운 여자잖아.

레이나의 화가 쉽게 풀릴 것 같지 않자 진운은 자신의 눈동자를 똑바로 레이나와 맞추고는,

"정 그렇게 믿지 못하면 내 눈동자를 보고 판단해 봐."

흔들림없는 진운의 눈동자를 본 레이나는 진운의 말이 거짓이 아니라는 것을 알았지만 역시나 그렇다고 쉽게 화가 풀리는 것은 아니었다.

―그, 그럼 뭐야? 갈대라고 한 이유는.

역시나 진실의 보는 눈을 가진 엘프에게 변명보다는 이런 게 직방이라는 것을 그동안의 경험으로 알고 있는 진운은 레이나의 화가 어느 정도 풀어졌다고 생각하자 이유를 말했다.

"융통성이 있다는 뜻이야."

―융통성?

"응. 옛날에 레이나는 뭐랄까, 곧이곧대로 말하자면 이제 갓 기사 서임을 받은 초짜 기사 같은 느낌이랄까? 그런데 지금의 레이나는 마치 산전수전 다 겪은 노련한 기사의 모습을 보는 것 같아서 그래."

―…정말 그렇게 보여?

슬쩍 진운의 눈동자를 보면서 그냥 하는 말인지 진심인지 알아본 레이나는 진실이라는 것을 알고는 그제야 화를 풀었다.

하지만 반면 진운은 엘프가 이 정도인데 일반 여자들은 얼마나 변덕이 심할지 도무지 짐작도 되지 않는다고 생각하는 중이다.

그나마 엘프는 진실을 보는 눈이라도 있으니 자신의 진심을 바로 알려줄 수 있지만 만약에 일반 여자였다면 어땠을까 생각하자 진운은 자신도 모르게 온몸에 소름이 돋는 경험을 할 수 있었다.

"저녁은 뭐야?"

아침과 점심은 진운이 책임지기로 했지만 저녁은 레이나가 책임지기로 해서 진운이 물어보자,

―스팸 라면.

"…또 라면이야?"

대충 예상은 했지만 이번에는 스팸 라면이라는 말에 진운
은 손으로 이마를 잡을 수밖에 없었다.

"어제 2박 3일에… 나온 사람들이 스팸 라면 먹었지?"

진운이 안 봐도 드라마라는 생각에 물어보자,

―당연하지. 그리고 대륙으로 가면 거기서도 한번 먹어보
려고 아공간에 스팸 넣어놨어.

"……."

진운은 지금 레이나를 보고 있으면 누가 지구에서 살던 사
람이고 누가 대륙에서 살던 사람인지 궁금해지기 시작했다.

어째 지구에서 살던 진운은 최대한 지구의 것을 가져가지
않으려고 하는 반면, 대륙에서 살았던 레이나는 어떻게든 자
신이 좋아하는 것을 하나라도 더 가져가려고 틈만 나면 아공
간에 하나씩 쌓아두고 있었으니 말이다.

최근에는 2박 3일에서 던지면 자동으로 퍼지는 3~4인용
텐트를 사용해서 잠자는 것을 보고는 기어코 구해서 자신의
아공간에 넣는 것을 보았다.

그런 레이나의 모습을 보던 진운은 과연 이걸 그냥 놔둬야
할지 아니면 강제로라도 말려야 할지 고민을 시작했다.

간단한 먹을거리 정도라면 진운도 크게 상관하지 않지만
텐트까지 손을 뻗친 레이나의 만행이 이대로 멈출 것이라고
는 생각되지 않았기 때문이다.

물론 진운이 말한다고 들을 레이나도 아니었고, 결국 대륙에 가서 레이나와 진운이 같이 사용할 물품이 대부분이긴 했다.

거의가 캠핑용품이니 그렇게 심각한 건 아니지만 조금은 걱정되는 것은 어쩔 수 없었다.

그렇게 레이나가 자신의 특제라고 말하면서 만든 스팸 라면은 느끼하고 끝 맛은 짜고 엄청난 MSG의 감촉을 혀에 남기긴 했지만, 그래도 맛있긴 했다.

그렇게 2박 3일이 방영하고 난 다음 날에는 꼭 먹는 라면을 먹고 난 뒤 진운과 레이나가 조용히 앉아 있는데,

딩동~

"응?"

진운의 집 초인종이 울리는 게 아닌가?

"누구지?"

인간관계가 극도로 좁은 진운은 이 시간에 소지훈이나 김미영이 오지 않을 것을 알고 있기에 고개를 갸웃거렸다.

다슬을 입양하고부터는 평일은 거의 정신없이 바쁜 부부이기 때문이다.

"누구시죠?"

진운이 일어나 문을 열자,

"오랜만이에요. 헤헤헤."

작게 손을 흔들면서 진운의 집 앞에 김아영이 멋쩍게 웃으면서 서 있었다.

"혼자예요?"

진운은 일부러 찾아온 사람을 굳이 쫓기에도 그렇고 인연이 인연인 만큼 물어보자,

"네. 기획사 몰래 왔거든요."

"쩝, 들어와요."

진운이 문을 열어주자 아영이 조심스럽게 들어와서는,

"실례합니… 헙!"

거실에서 앉아서 TV 보고 있는 레이나를 보고는 순간 입을 다물었다.

진운과 레이나가 입고 있는 트레이닝 바지가 같은 색에 같은 모델이라는 것을 보고는 말없이 둘을 번갈아 보더니,

"저기… 제가… 안 좋을 때 왔나 봐요."

지레짐작으로 어색하게 웃으면서 급히 나가려는 것이 아닌가?

진운은 아영이 왜 저러는지 대충 알기에 나가는 아영을 붙잡았다.

"갈 필요 없어요. 아영 씨가 생각하는 그런 사이 아니니까요."

"……."

진운이 아니라고 하자 아영도 나가던 걸음을 멈추고 다시 집으로 들어오긴 했다.

하지만 묘한 어색한 분위기와 함께 손님이 오면 TV를 꺼버리는 진운의 습관 때문에 오히려 적막함이 감돌았다.

어색한 분위기를 더욱 어색해졌다.

그렇게 시간이 흘러 결국 진운이 이런 분위기를 견디다 못해 먼저 입을 열었다.

"요즘 괜찮아요?"

"네? 아, 네, 괜찮아요. 진운 씨 말대로 그 후론 그 여자도 더 이상 꿈에 나오지 않고 무엇보다 그 이상한 힘이 사라져 버렸어요."

어찌 보면 좋은 힘 하나 잃어버린 거지만 본인이 원하지 않는 힘은 오히려 없느니만 못하니 진운은 만족해하는 아영의 모습에 작게 웃어주었다.

하지만 그걸로 또 대화는 뚝 끊겨 버렸고, 결국 또다시 몇 분이 조용히 흐른 뒤 아영이 조용히 입을 열었다.

"저기… 두 분, 동거하시는 거죠?"

누가 봐도 지금 레이나와 진운의 모습은 동거하는 연인의 모습이긴 했다.

물론 아영의 눈으로 보기에 그럴 뿐이지만 말이다.

"그래 보여요?"

진운은 아영의 물음에 편안하게 웃으면서 물어보자 아영은 실례일지도 모르겠지만 고개를 끄덕였다.

"하긴… 누나도 우리 보고 언제 애 낳을 거냐고 노골적으로 물어봤으니…….”

진운은 별것 아닌 것처럼 말했고, 레이나도 그런 진운의 말에 피식 웃었다.

그리고 그런 진운과 레이나의 모습을 가만히 보던 아영은 고개를 갸웃거리더니 여자의 직감이랄까, 아니면 그냥 촉이 왔다고나 할까, 딱히 확신은 없지만 진운과 레이나 사이가 연인이라고 하기에는 뭔가 좀 이상하다는 것을 느낄 수가 있었다.

"저기… 실례가 안 된다면 진운 씨와 레이나는 어떤 사이예요?”

"동료!”

―동료!

마치 서로 입을 맞춘 듯 진운과 레이나가 동시에 대답하자 오히려 당황한 건 아영이었다.

"동료… 요?”

"네.”

―맞아요.

순간 아영은 자신이 생각하는 동료라는 의미가 맞는지 헷

갈렸다.

일반적으로 동료라고 하면 같은 직장이나 같은 분야에서 같은 일을 하는 사람을 일컫는 말로 비즈니스 관계의 사람을 대부분 동료라고 한다.

그런데 한 집에 남녀가 같이 살고 같은 트레이닝 바지를 입고 서로가 편안하게 생활하는 모습을 대하니 아영의 머릿속이 잠시 어지러운 것은 당연했다.

아니라고 하기에도 애매한 것이, 마치 당연하다는 듯 동료라고 말하며 전혀 위화감이 느껴지지 않았다.

아무리 아영이 어리고 숫기가 없어 순진한 편이지만 그동안 연기 활동을 하면서 쌓은 눈치라는 게 있다.

그러다 보니 말과 행동이 조금 어긋나는 진운과 레이나 사이에서 잠시 혼란스러웠다.

"그렇게 복잡하게 생각할 것 없어요. 지금 레이나와 전 어떤 목표 때문에 같이 지내고 있으니까요."

"목표… 요?"

"네."

진운의 말에 아영이 슬쩍 눈치를 보고는,

"저기… 그게 뭔지 제가 알면 안 되나요?"

"개인적이니 거라서… 죄송해요."

다른 건 몰라도 자신의 복수와 관련된 이야기는 절대로 그 누구에게도 말할 수 없는 비밀이었기에 진운이 거부했다.

아영은 자신이 괜한 것을 물었다는 생각에 고개를 푹 숙였
다.

—이런, 아무튼 진운 넌 여자에 대한 배려가 조금은 필요한
것 같아.

레이나는 처음부터 아영이 진운의 눈치를 보면서 진운만
쳐다보고 있다는 것을 알고 있기에 무슨 생각으로 왔는지 대
충 짐작했다.

하긴 그렇게 큰일을 당하고 진운의 도움을 받았는데 특별
한 감정이 생기지 않는다면 오히려 그게 이상할지도 몰랐
다.

거기다 진운의 외모는 이미 길 가다가 여자들의 마음을 흔
들 만큼 대단했으니 굳이 레이나가 깊게 생각할 것도 없었
다.

하지만 레이나가 아는 진운은 아영이 아무리 좋아한다고
해도 그 마음을 받아들이지 않을 것이 뻔하기에 괜히 핀잔을
주면서 진운이 주방으로 잠깐 간 사이에 아영의 곁으로 슬쩍
다가갔다.

그리고,

—진운, 괜찮은 남자죠?

슬쩍 아영의 귓가에 대고 속삭이듯 말하자,

화르륵!!

역시나 순진한 성격 탓인지 한순간에 얼굴이 붉어지면서 누가 봐도 한눈에 알 만큼 티가 확 났다.

"그, 그렇죠. 좋은… 남자죠."

갑작스런 레이나의 말에 당황했는지 연기할 때는 NG조차 거의 내지 않는다는 김아영이 말을 더듬으면서 어쩔 줄 몰라 했다.

―하지만 둔하기로는 둘째라면 서러울 성격이라… 쩝, 별로 권하고 싶진 않아요.

"그럴 생각은… 전… 그냥… 고마워서… 그게… 그러니까… 좋아하지는… 않는데……."

자신이 뭐라고 말을 하고 있는지도 모를 만큼 횡설수설하는 아영의 모습에 레이나는 입가에 미소를 띠더니 아영의 어깨를 살며시 감싸 안았다.

그리고 조용히 그녀의 귓가에 대고는,

―아플 거예요.

그 말 한마디를 남기고는 조용히 다시 본래 있던 자리로 돌아갔다.

마치 아무 일도 없었다는 것처럼 편안한 모습으로 말이다.

―진운.

"응?"

갑자기 레이나가 부르는 소리에 진운이 고개를 돌리자,

―내일부터 복학하는데 가방 있어?

"가방?"

레이나의 말에 잠시 생각하던 진운은,

"아차!"

이마를 손바닥으로 치면서 가방이 없다는 것을 뒤늦게 알게 된 표정이다.

―역시 그럴 줄 알았어. 아영 씨 데려다 주는 김에 나가서 사와.

"응? 레이나는 뭐하게?"

―나? 나야 뭐 TV 봐야지.

"그래? 그럼… 가실래요?"

진운은 레이나와 아영이 무슨 이야기를 주고받았는지 짐작도 하지 못했다.

아영이 슬쩍 레이나를 쳐다보자 자신을 향해 윙크를 하는 레이나의 모습을 볼 수 있었다.

"고마워요."

레이나가 일부러 진운에게 가방 사러 나가라고 시킨 것을 알고는 아영은 곧바로 일어서더니,

"갈게요."

"그럼 가죠."

그렇게 반 강제적으로 아영과 함께 밖으로 외출하게 된 진운이 아영을 데리고 나가자, 혼자 남게 된 레이나는 잠시 멍하니 진운이 나간 문을 바라보고 있었다.

―어차피 진운은… 이곳 사람이잖아? 난 그곳의 엘프이고.

레이나는 덤덤히 혼잣말을 하고는 조용히 리모컨을 찾아 TV를 켰다.

하지만 평소처럼 TV를 보면서 웃거나 집중하는 것이 아닌 그저 멍하니 화면을 보는 것, 그뿐인 레이나였다.

한편 레이나의 기분은 전혀 모르는 진운은 밖으로 나와 슬쩍 아영을 보면서,

"사람들이 알아보지 않아요?"

당연히 아영의 얼굴을 아는 사람이 워낙 많기에 진운이 물어보자 아영은 오히려 싱긋 웃더니 갑자기 자신의 작은 가방에서 화장품 몇 가지를 꺼내기 시작했다.

그리고 잠시 진운에게 기다려 달라고 말하고는 한쪽 구석으로 가더니, 한 10분쯤 지났을까, 다시 진운의 곁으로 다가왔다.

그런데 자신의 곁으로 온 아영을 본 진운은 고개를 갸웃거리고 말았다.

“아영… 씨 맞죠?”

분명히 아영이 자신의 눈앞에서 잠깐 사라졌다가 온 건데도 진운이 물어보자 아영은 웃으면서,

“맞아요. 그런데 어때요? 괜찮은 방법이죠?”

“확실히 그러네요.”

사실 진운은 여자의 화장은 거기서 거기라고 생각했다.

물론 여자의 변신은 무죄라는 말을 자주 듣기도 했지만 말이다.

그리고 화장의 목적이 원래 조금이라도 더 예뻐 보이고 싶은 여자들의 욕망에서 시작된 것이기에 여자들의 화장은 진운도 당연하다고 생각하고 있었다.

하지만 방금 아영의 화장한 모습으로 인해 그런 생각이 확 뒤집어져 버렸다.

“못나게… 화장하는 방법도 있군요.”

진운이 놀랐다는 듯 말하자 아영은 환하게 웃으면서,

“차라리 이게 더 편하거든요. 그리고 이렇게 화장하면 매니저나 기획사 사람이 아닌 이상 거의 알아보지 못하기도 해요.”

그제야 진운은 아영이 어떻게 혼자 매니저도 없이 자신의 집을 찾아왔는지 이해가 되었다.

거기다 아영이 대담하게도 차도 없이 대중교통을 타고 왔

다는 말을 들었을 때는 정말 지금 눈앞에 있는 김아영이 그 순진한 김아영이 맞는지 자신의 눈을 의심할 정도였다.

"확실히… 효과적이네요."

바로 눈앞에서 본 진운도 솔직히 자신이 아는 김아영이 맞는지 고개를 갸웃거렸다.

TV로만 김아영을 아는 사람들은 거의 알아보는 게 불가능하다고 보는 게 맞으리라.

그리고 솔직히 예뻐 보이려고 하는 화장인데, 못생겨 보이도록 화장을 하는 사람이 있을 거라고는 누구도 상상하지 못할 테고 말이다.

아무튼 그렇게 기가 막힌 화장술로 밖으로 나와 거의 10분 이상 걸었지만 사람들의 시선은 진운에게 집중되면 되었지 아영에게 눈길을 주는 사람은 거의 없었다.

"진운 씨는 사람들의 시선이 아무렇지도 않나요?"

옆에서 같이 걸어본 아영은 사실 진운 정도의 외모를 가진 사람을 연예계에서도 쉽게 찾아볼 수 없기에 물어보았다.

"제가 신경 안 쓰면 되지 않나요? 어차피 저들은 그저 보기만 할 뿐이니까요."

너무나 당연하다는 듯 하는 진운의 말에 아영은 순간,

"그, 그렇죠."

자신도 모르게 수긍했다.

　사실 사람들의 주목을 받는 거라면 진운보다 아영이 더욱 많고 경험도 많은 편인데 이상하게 진운과 있으면 아영은 컨트롤이 잘 되지 않는 것이다.

　물론 진운을 좋은 남자라고 생각은 하고 있다.

　자신을 구해주고 그 누구도 해결해 주지 못할 일을 해결해 주었으니 말이다.

　하지만 이상하게 조금 전 진운의 집에서 레이나가 마지막에 했던 말이 여전히 의문이기도 했다.

　'아프기도 할 거라니… 내가 아프다는 건가?

　연기를 통해 사랑하는 연인 역을 많이 한 아영이지만 그건 말 그대로 연기일 뿐이다.

　특히나 아영은 아스타로트 덕분에 굳이 몰입하지 않아도 웬만한 연기는 쉽게 해내는 편이기에 남들이 보기에는 대단한 연기의 천재로 보일지 몰라도 정작 본인은 아직 연기가 뭔지 전혀 모르는 애송이기도 했다.

　당연히 그런 애송이가 겉으로만 사랑 연기도 하고 연인의 연기도 했으니, 빈 깡통이 요란하다는 말과 같이 정작 본인이 누군가에게 가슴이 두근거리는 경험을 하자 도무지 제어가 안 되는 것이다.

　"바빠요?"

　"넷! 아, 아니요."

　혼자 생각에 잠겨 있던 아영에게 진운이 물어보자 서둘러 대답한다는 게 또 그만 말을 더듬고 말았다.

　그런 자신의 모습에 아영은 자책했지만 진운은 웃으면서,

　"그럼 커피 한 잔 할래요? 카페 안에 들어가기는 아무래도 조금 위험할 테고."

　아무리 화장술로 감춘다고 해도 그건 스쳐 가듯 지나가면서 봤을 때나 그렇지 아영의 타고난 미모를 완전히 숨기는 것은 부족해 보였다.

　진운은 결국 테이크아웃으로 커피를 사서 근처 공원의 벤치에 앉았다.

　"마셔요."

　진운이 커피를 넘겨주자 아영은 자신도 모르게 두 손으로 받아 들면서,

　"고, 고마워요."

　"그래도 집에 찾아온 첫 손님인데 차라도 한 잔 대접해야 될 것 같아서요."

　"네."

　별것 아닌 것처럼 보이지만 아영에게는 그래도 신경 써주는 게 마냥 좋기만 했다.

　"그런데… 제가 진운 씨 집을 찾아온 첫 손님인가요?"

　"아, 네, 맞아요. 제가 집을 사서 그동안 찾아온 사람은 누

나와 아저씨뿐이거든요.”

“…누나가 있었군요?”

진운이 습관적으로 김미영을 누나라고 하자 아영은 가족으로 착각하는 듯했다.

“아, 친누나가 아니에요. 그냥 가족 같은 가장 가까운 사람이죠. 그리고 지훈 아저씨 부인이기도 해요.”

“그래요?”

아영은 자신의 질문에 진운이 대답을 해주는 것에 기분이 좋은지 이것저것 질문을 하다가,

“저기… 부모님은 뭐하세요?”

누구나 일반적으로 물어보는 질문이다.

그런데 질문을 받은 진운은 순간 멈칫하더니 곧 웃으면서,

“두 분 다 돌아가셨어요.”

“헛, 미안… 해요. 제가 모르고…….”

순간 진운의 대답을 들은 아영은 자신의 입을 한 대 쥐어박고 싶은 심정이었다.

진운은 모르지만 바로 옆에 있던 아영은 부모님에 대해서 물었을 때 그가 잠깐이지만 멈칫거렸던 것을 보았기에 더욱 미안한 마음이 들 수밖에 없었다.

“그러고 보니… 아영 씨는 친척들이랑 교류해요?”

연예인들은 은근히 외톨이라는 말을 얼핏 들은 것 같아서 물어봤는데 순간 아영의 웃음이 살짝 어색해지더니,

"저… 고아예요."

"……?"

아영의 프로필 어디에도 고아라는 말이 없었고, 김아영을 검색하면 무역업으로 돈 잘 버는 집안에서 태어나 S대를 수석으로 입학, 졸업한 대한민국의 대표적 엄친딸로 나와 진운도 그렇게 알고 있었다.

그래서 고아라는 아영의 대답에 진운은 순간 자신이 잘못 들었나 싶었다.

"사실… 그때 진운 씨와 만나서 광고 찍은 고아원이 제가 자랐던 고아원이에요."

"아……."

진운은 그때서야 투덜거리던 코디에게 왜 그렇게 꼭 해야 한다고 고집을 피웠는지 이해가 되었다.

사실 김아영 정도의 여배우가 공익광고, 그것도 고아원을 돕자는 광고에 굳이 나올 필요가 없었으니 말이다.

"후후훗, 좀 그렇죠? 엄친딸이라는 별명이 있는데 알고 보니 고아원 출신에… 악바리라면요."

만약에 지금 옆에 매니저가 있었다면 아마 난리치고도 남을 말을 너무나 아무렇지 않게 하는 아영의 모습에 진운은 조

용히 웃으면서,

"저도 고아예요."

"네?"

이번에는 아영이 뜻밖이라는 듯 놀란 얼굴이 되었다.

"제 아버지와 어머니는 고아원에서 같이 자라셨거든요. 그리고 두 분이서 결혼해서 절 낳았는데 두 분 모두 제가 크는 걸 못 보고 돌아가셨어요. 그러니 저도 고아가 맞죠?"

"그… 러네요."

아영은 진운의 말에 왠지 그 기분을 알 것 같았다.

세상에 혼자라는 느낌은 정말 그 무엇과도 비교할 수 없을 만큼 외롭고 힘들다는 것을 잘 알고 있으니 말이다.

분위기에 휩쓸려서일까?

아영이 진운의 손을 덥석 잡았다.

사실 손을 잡은 순간에도 아영은 자신이 도대체 무슨 정신으로, 그리고 무슨 용기로 이런 짓을 했는지 영문을 몰랐다.

하지만 이건 머리가 시킨 게 아니라 그저 가슴이 시키는 대로 움직였을 뿐이라는 것을 스스로 알고 있었다.

"위로해 주는 건가요?"

진운은 아영이 자신의 손을 덥석 잡자 표정의 변화 없이 물었고, 아영은 대답 없이 고개만 끄덕였다.

“고마워요.”

진운은 정말 순수하게 고마웠기에 말했고, 아영도 진운의
눈빛에서 그걸 읽을 수가 있었다.

그런데 이렇게 한참 분위기 좋은 그때,

“이야! 분위기 죽인다!! 캬!!”

Chapter 09
두 번째 그놈들

　　공원이긴 하지만 나름 약간 외진 곳이고 지금 시간이 다들
퇴근하고 나서 집에서 쉴 시간이기에 어둠이 내려앉기 시작
한 공원에 사람이라고는 진운과 아영이 전부였다.

　　그리고 거기에 방금 진운과 아영 외에 양아치 다섯 마리가
포함되었다.

　　"그림 좋다! 응?"

　　껄렁~ 껄렁~

　　걷는 모습부터 말투, 그리고 억지로 인상을 찡그려서 위협
적으로 보이려는 행동까지 얼마 전 레이나와 같이 공원 벤치

에 앉아 있다가 만난 양아치와 왜 그리도 똑같은지 진운은 피식 웃고 말았다.

"어쭈? 이게 웃네? 카악, 퉤!!"

진운을 노려보던 녀석이 진운의 미소를 딱 보고 말았다.

성질이 난 그놈이 바닥에 힘껏 가래침을 뱉고는 위협적으로 진운의 앞에 얼굴을 들이밀었다.

그리고는,

톡톡톡.

손가락으로 진운의 턱을 건드리기 시작했다.

"저기… 그러시면……."

아영은 갑자기 나타난 양아치들의 모습에 겁을 먹었는지 불안한 모습으로 진운의 옆에 찰싹 달라붙었다.

"이야! 몸매 죽인다!"

"얼굴은… 뭐 그냥 그런데 몸매가… 웬만한 여자 저리 가라네. 쭉 빠진 다리 봐, 다리!"

진운에게 시비 거는 녀석을 제외하고 나머지는 아영의 몸매를 감상하느라 정신이 없었다.

그때 진운이 입가의 미소를 슬쩍 지우면서,

"가라."

"응?"

양아치는 순간 자신이 잘못 들은 줄 알고 진운을 노려보

면서,

"뭐라고? 다시 지껄여 봐라."

"가라."

"허~ 이게 옆에 여자 있다고 아주 쓸데없는 배짱부리네. 크크큭 야! 이게 나보고 뭐라고 했는지 아냐?"

진운의 말에 기가 차는지 아영의 몸매를 눈으로 만지던 녀석들이 모두 고개를 돌리자,

"뭐래는데?"

"꺼지래."

"킥! 키키킥! 뭐? 꺼지라고? 아주 피를 봐야 정신 차릴 놈이네, 이게."

진운의 가라는 말이 순식간에 꺼지라는 말로 바뀌어 버렸고, 곧 다섯 마리의 양아치는 주머니에서 각자 애용하는 작고 귀여운 나이프를 하나씩 꺼내 들었다.

"히끅!!"

아영은 순간 양아지 다섯이 한꺼번에 칼을 꺼내 들자 너무나 놀란 나머지 딸꾹질을 했다.

"키키킥! 야, 니 여자 딸꾹질한다. 크크큭, 아주 가관이구만, 가관이야!"

사실 연예계 활동을 하면서 주변에서 떠받들어 주고 지켜 주기만 했던 아영이 이런 동네 양아치들에게 위협을 당할 일

이 있었겠는가?

어떻게 보면 참 귀중한 경험이지만 한편으로는 절대로 하고 싶지 않은 경험이기도 했다.

그런데 진운은 지금까지 아영이 심하게 무서워한다고 전혀 생각하지 못하고 있다가 아영의 딸꾹질 소리를 듣고서야 아차 싶은 생각이 들었다.

지금까지 레이나와 다니다 보니 대수롭지 않게 행동하던 게 아예 습관이 되어버린 것이다.

레이나라면 이런 양아치 100명이 와서 협박해도 눈 하나 깜빡하지 않을 테지만 아영이라면 상황이 달랐다.

"이런, 미처 신경을 못 썼네요."

진운이 뒤늦게 아영의 이마에 손을 살짝 얹고는 마나를 흘려보내자,

"갑자기… 왜… 졸리……."

말을 다 끝마치지도 않을 짧은 순간에 아영은 그대로 잠들어 버렸다.

"케케케케케, 이 자식이 이제야 정신 차리고 여친을 우리한테 바칠 모양인가 보네."

아영이 녀석들에게 스트레스를 받을 바엔 차라리 마나로 잠시 수면상태에 빠지게 만들어 버린 것이다.

그런데 양아치들은 오히려 진운이 여친을 강제로 재워서

자기들한테 넘기고 자신은 빠져나가는 걸로 생각하고는 기분
좋게 웃기 시작했다. 사람이 갑자기 잠들어 버렸지만 이놈들
은 전혀 이상하게 생각하지도 않았다.

물론 진운은 녀석들이 무슨 생각을 하거나 말거나 상관없
었다.

자신 때문에 아영이 떨었고, 놀라서 딸꾹질을 할 만큼 스트
레스를 받았다면 최대한 빨리 끝내는 게 좋다고 생각을 바꿔
버렸으니 말이다.

부스럭.

진운이 아영을 조심스럽게 옆에 눕히고는 자리에서 일어
나자,

"어라?"

앉아 있을 때는 몰랐는데 일어선 진운의 키가 양아치들보
다 머리 하나는 크자 순간 움찔한 듯 양아치 다섯 마리 모두
가 한 발짝 뒷걸음질을 쳤다.

그리고 그런 녀석들에게 진운은 조용히 내려다보면서,

"그냥 말로 할 때 가지 그랬니."

퍽!!

"……!!"

"……!!"

진운의 말이 끝나자마자 갑자기 진운 앞에서 가장 껄떡대

던 양아치 1이 한순간 사라져 버렸다.

털썩!

그리고 약 1초 뒤에 제법 먼 곳에서 무언가 떨어진 소리가 들렸다.

남은 네 마리의 양아치는 약속이라도 한 듯 동시에 뒤쪽으로 고개를 돌렸다.

"……."

사람이 갑자기 사라진 것도 눈알이 튀어나올 일인데 지금 그들이 고개를 돌려 본 모습은 벌어진 입이 다물어지지 않을 정도였다.

어떻게 맞았는지, 어떻게 맞아야 사람이 저렇게 뒤집어져서 땅바닥에 꽂힐 수 있는지 상상이 가지 않았으니 말이다.

그리고 그런 그들에게 진운의 목소리가 들렸다.

"우선 하나."

퍽!!

털썩!

"두울."

마치 사냥감이 사자 앞에서 꼼짝도 못하는 것처럼 단 두 방의 주먹질에 양아치들은 자신들이 그렇게 믿고 사랑하던 칼도 떨어뜨리고는 온몸을 덜덜 떨어댔다.

퍼억!!

털썩!

"세엣."

마치 장난치는 듯한 진운의 표정과 달리 이제 남은 두 녀석은 진운을 바라보는 눈동자가 거의 죽은 동태눈으로 변해 버렸다.

그리고 그런 녀석들에게 천천히 걸어간 진운은,

씨익~

웃으면서 조용히 말했다.

"그러게 내가 가라고 했잖아. 응?"

꿀꺽.

꿀꺽.

진운의 말에 남은 두 녀석은 동시에 마른침을 삼키고는 어색하게 웃으면서,

"이제… 가, 가도… 될까… 요?"

양아치 두 녀석 중 하나는 이대로는 죽는다고 생각했는지, 살면서 지금처럼 용기를 내본 적이 없다고 생각할 만큼 커다란 용기를 내어 진운에게 말했다.

"음."

진운은 의외로 살기에 온몸이 얼었을 텐데 대답하는 녀석의 모습을 보고는 씨익 웃으면서,

“가.”

그 말을 끝으로 몸을 돌리더니 아직 잠들어 있는 아영의 안
아 들고는 조용히 조금 떨어진 벤치로 갔다.

꿀꺽.

“야, 가도 되냐?”

진운이 살기를 거두고 제법 떨어지자 그제야 마비가 풀린
양아치 둘은 서로 마주 보면서 약속이라도 한 듯 고개를 끄덕
였다.

그들이 천천히 뒷걸음질 치기 시작했다.

그리고 서너 걸음 걸었을까?

몸을 돌려 전력질주를 하려고 하는 순간,

[저쪽에 찌그러진 세 놈 두고 가면 똑같이 만들어준다.]

라고 머릿속에 들리는 진운의 목소리에 다시 몸이 꼿꼿하
게 굳어버렸다.

그리고 천천히 고개를 돌려 이제는 제법 멀리 떨어진 진운
을 보는데,

씨익~

“헙!!”

“……!!”

거리도 제법 멀었고 어둠이 내려앉은 공원이지만 믿어지
지 않게도 진운의 미소가 너무나 선명하게 두 녀석에게 보

였다.

놈들은 누가 먼저랄 것도 없이 서둘러 세 놈을 각자 알아서 들쳐 업더니 조용히 사라졌다.

"전에는 안 그랬는데 이 동네 왜 이리 양아치들이 많지?"

진운은 너무나 높은 확률로 연달아 양아치를 만나자 푸념 아닌 푸념을 했다.

그런데 진운도 모르고 있었다.

전에 레이나와 함께 만나 게거품 물고 기절한 녀석과 방금 진운의 첫 방에 나가떨어진 녀석이 서로 형제였다는 것을 말이다.

뭐, 굳이 진운이 알 필요까지는 없지만, 아무튼 진운의 작은 무력시위 덕분에 동네에서 가장 골칫거리이던 양아치 패거리가 한순간에 사라진 것은 더 이상 설명할 필요도 없었다.

"일어났어요?"

진운의 예상보다 조금 더 오래 잠들어 있던 아영이 감긴 눈을 힘겹게 뜨고 일어나자 진운이 웃으면서 맞아주었다.

"아… 헙!"

아영은 벌떡 일어서더니 순식간에 벤치 끝까지 이동해 앉았다.

“괜찮아 보이네요.”

진운은 아영의 그런 모습에 조금 전의 충격이 별로 남아 있지 않는 듯해 안심했다.

지금 아영의 귀에는 아무런 말도 들리지 않고 있었다.

‘내가… 내가 남자의 허벅지를 베고… 잤어. 내가… 내가 남자 허벅지를 베고 잤어.’

눈을 뜨자 진운의 얼굴이 보였고, 자신이 진운의 허벅지로 베고 자고 있었다는 사실만 머릿속에 가득했다.

덕분에 진운은 의도하지 않았지만 조금 전 양아치 사건은 아영의 머릿속에서 완전히 날아갔다.

아무리 아영이라도 그런 충격적인 경험을 하면 트라우마나 스트레스성 충격이 오게 마련이다.

하지만 강제로 잠을 재워 버려서 꿈인지 현실인지 애매한 상태로 만든 데다 진운의 허벅지를 베게 삼아 재우는 바람에 그쪽 충격이 더 심한 것이다.

“저기… 제가 얼마나 잤어요?”

아영은 순간 자신이 왜 잤는지도 잘 생각나지 않았다.

“대략 10분 정도일 걸요?”

진운이 아무렇지 않게 대꾸했다.

아영은 ‘그렇게 피곤했나?’ 하고 생각했다가, 그나마 오래 자지 않았다는 것에 안도의 한숨을 내쉬었다.

"저기… 그만 가죠. 가방도 사야 하는데."

"그래요."

진운이 일어서자 아영도 따라 일어섰다.

그들이 간 곳은 김미영과 자주 갔던 백화점이다.

진운이 사는 동네에는 작은 가게들도 잘 없는 편이라서 진운은 쇼핑을 위해 자주 백화점을 찾았다.

역시나 백화점에 들어서도 아영의 화장술은 빛을 발휘하는지 그 누구도 아영을 알아보지 못했다.

오죽했으면 아영이 광고한 화장품 가게의 광고판을 지나가도 알아보는 사람이 없었다.

진운은 혹시나 하는 걱정도 백화점을 들어온 지 10분 만에 지워 버렸다.

둘은 조금 구경하는 것도 잠시, 본격적으로 쇼핑을 시작했다.

그런데 매우 신기하게도, 진운이야 원래 남자라서 그렇다지만 아영도 그와 비슷한 쇼핑 방식이었다.

가방 매장이 있는 4층으로 곧바로 직행하더니, 입구에서 가장 가까운 매장으로 들어가는 진운을 따라 몇 번 구경도 하지 않고 진운과 같은 수수한 디자인의 가방을 지목한 것이다.

"두 분 마음이 딱 맞나 봐요. 웬만하면 여자 분은 별로 좋아하지 않는 디자인인데 말이죠.”

직원이 아영과 진운이 동시에 한 가방을 지목하는 모습에 접대용 인사말을 하자, 진운은 그냥 웃고 만 반면 아영은 볼에 홍조를 띠면서 고개를 숙였다.

생각보다 가방 사는 데 제법 시간이 걸리긴 했지만 별일 없이 가방을 사서 나오던 입구에서 그만 발길을 멈추었다.

“누나가 이 시간에 웬일이에요?”

“어머? 진이네?”

김미영도 다슬의 가방을 새로 사주려고 백화점에 왔다가 진운과 딱 마주친 것이다.

“뒤에는 레이나… 가 아니네?”

진운과 레이나가 껌 딱지처럼 거의 붙어 다니기에 김미영은 진운 뒤의 여자가 당연히 레이나인 줄 알았다.

그런데 전혀 다른 사람이 진운 옆에 있자 당황했다.

“아, 잠시 놀러 온 친구예요.”

“친구?”

김미영은 진운의 말에 고개를 갸웃거렸다.

이어 자신이 알기로 진운에게 친구라고 부를 사람은 없다는 것을 기억해 내더니 다시 진운을 보는 눈초리가 날카롭게 변했다.

“진아, 난 너 그렇게 안 봤는데…….”

진운도 갑자기 김미영의 목소리와 눈빛이 변하자 고개를
갸웃거렸다.

뭐라고 말할 틈도 없이 갑자기 김미영이 진운과 아영의 손
을 덥석 붙잡았다.

"둘 다 잠시 따라와."

거의 막무가내로 진운과 아영을 끌고 백화점 가장 꼭대기
층에 있는 카페로 들어가더니 조용히 이야기할 수 있는 룸으
로 들어갔다.

"잠깐 이야기만 하고 갈게. 미안해."

자주 오는 곳이라 김미영의 얼굴을 아는 직원들은 곧바로
웃으면서 인사를 하고 나가 주었다.

그렇게 룸에 남은 사람은 진운과 김미영, 그리고 아영, 이
렇게 셋뿐이다.

"누나, 갑자기 왜 그래요?"

진운이 갑자기 돌변한 김미영의 모습에 그렇게 투덜거리
자,

"쉿! 넌 지금부터 입 다물어!"

무작정 진운에게는 한마디도 뻥긋하지 못하게 하는 것이
아닌가?

"누나, 왜 그래요?"

진운이 영문이나 알자는 생각에 다시 물었지만 돌아온 것

은 도끼눈을 한 김미영의 무시무시한 살기뿐이다.

아마 지구와 대륙을 통틀어 진운을 이렇게 나무라면서 다그칠 수 있는 사람은 김미영과 소지훈뿐이리라.

진운은 그 사실에 화는커녕약간의 행복함을 느끼며 가만히 있기로 했다.

그렇게 진운이 승복한 듯 입을 다물자 김미영은 그제야 고개를 돌려 아영을 가만히 바라보았다.

아영은 그 눈길이 마치 시어머니가 며느리를 살피는 듯하다는 느낌을 받았다.

"저기, 이름이 뭐예요?"

김미영이 나름 나긋하게 물어보자,

"김아영입니다."

"김아영, 음, 예쁘네요. 그런데… 혹시 어디서 본 적 있나요?"

역시 직업은 속일 수 없는지 김미영은 아영의 얼굴을 보고왠지 낯익다는 느낌을 받은 것이다.

성형외과를 운영하면서 수많은 사람의 얼굴과 골격을 보아온 김미영은 아영의 지금 화장과 얼굴이 너무나 맞지 않는다는 것을 단번에 알아보았다.

"아니요. 전 처음 뵙는데요."

아영은 당연히 김미영을 처음 보니 그렇게 대답했지만, 김미영은 왠지 낯익은 듯한 느낌을 지울 수 없었다.

"저기… 초면에 좀 미안하긴 한데… 화장 좀 지워볼 수 있어요?"

"네?"

설마 아영도 김미영이 화장을 지워보라고 할 줄은 몰랐는지 당황하면서 진운을 바라보자 진운은 한숨을 내쉬면서 말했다.

"누나, 왜 그래요? 초면인 사람한테, 그것도 여자한테 화장을 지워 달라니……. 그런 사람이 어디 있어요?"

보다 못한 진운이 결국 한마디 거들었지만,

"시끄럿! 넌 입이 열 개라도 할 말이 없어!"

"아, 누나가 또 무슨 오해를 한 모양인데요? 그런 거 아니거든요."

진운은 뒤늦게 김미영의 태도에서 알아채고 말했다.

하지만 이미 김미영은 스스로를 불륜을 목격한 목격자로 생각하고 있기 때문에, 진운의 말은 귀에 들어오지도 않았다.

김미영은 은근히 레이나가 마음에 들었기에 진운과 잘되길 내심 바라고 있었다.

그런데 어느 날 갑자기 진운이 레이나가 아닌 다른 여자와 백화점에서 쇼핑을 하고 있는 것이 아닌가?

　순간 김미영은 직감적으로 진운이 레이나 몰래 바람을 피우고 있다고 생각하고는 무작정 끌고 온 것이다.

　그런데 참 운이 없는 건지, 아영이 순진한 성격 때문에 안절부절못하고 있자 오히려 김미영에게는 진운이 바람을 피운다고 확신을 심어주었다.

　거기다 일부러 못생기게 화장을 한 아영의 화장술도 성형외과를 운영하는 김미영의 눈썰미를 벗어나지 못했는지 이상하게 낯익은 느낌 때문에 더욱 집착하고 있는 것이다.

　그러니 이제 와서 진운이 아무리 아니라고 해도 귀에 들어올 리가 없는 건 당연했다.

　거기다 김미영은 성격상 남자가 바람피우는 것은 눈뜨고 보지 못하는 성격인지라 평소 괄괄스런 성격 이상으로 막나가고 있었다.

　"여기 클렌징 티슈도 있어요."

　"누나! 진짜 이러지 마요!!"

　진운은 끝까지 자신의 말을 듣지 않고 자기 고집대로 밀고 나가는 김미영에게 진지하게 화를 냈다. 하지만 김미영은 전혀 듣지 않았다.

　"기다려! 자초지종은 우선 이쪽 아가씨 얼굴을 확인한 다음에 들어도 되니까 말이야."

　결국 김미영의 고집을 꺾지 못한 진운은 아영을 보면서 눈

인사를 보냈다.

"미안해요. 누나가 원래는 좋은 사람인데… 지금 좀……."

진운이 결국 사과하면서 부탁하자 아영도 별수 없이 김미영이 내민 클렌징 티슈를 사용해서 대충 화장을 지웠다

"음, 왠지 아는 사람 같은데……."

아영이 화장을 지우고 고개를 들었다.

김미영은 확실히 아는 얼굴이라고 확신했다.

하지만 설마 국민 여배우 김아영일 거라고는 생각지 못한 듯하다가,

"설마……?"

뒤늦게 김아영을 알아본 김미영이 진운을 보면서 놀란 표정을 짓자 진운은 진득하게 한숨을 내쉬었다.

"제가 그랬잖아요. 친구라고요. 그리고 제가 여기 온 거 레이나도 알고 있어요. 조금 전까지 같이 집에 있다가 나오는 길이란 말이에요."

"…그, 그랬어?"

김아영의 얼굴을 확인하는 순간 김미영의 머릿속에 있던 불륜, 바람이라는 단어는 사라져 버렸다.

그리고 뒤늦게 정신 차리고 아영에게 사과하자 아영이 웃으면서,

"괜찮아요. 그런데 처음이에요. 화장한 절 보고 의심한 사

람은요."

"그, 그랬어요? 호호호호호! 뭐… 직업이 사람 얼굴 보는 거다 보니… 호호호!"

뒤늦게 자신이 만든 어색한 분위기를 만회하려는 듯 웃으면서 진운에게 눈치를 주자 진운은 오히려,

"제가 그랬잖아요. 아니라고."

"…내가 뭐 알았니. 그냥… 레이나가 없기에… 그런 줄……."

김미영의 오지랖에 진운은 그냥 웃을 수밖에 없었다.

한동안 김미영이 아영에게 사과를 하면서 어떻게든 분위기는 좋게 돌아왔다.

그런데 김미영의 오지랖이 결코 사라진 것은 아니었으니…….

"어떻게 아는 거야?"

사실 자신이 실수를 해서 사고 친 건 있지만, 아무리 생각해도 김아영과 진운의 사이에는 연관성이 전혀 없었다.

같은 공익광고에 우연히 출연하긴 했지만, 직접적으로 부딪친 장면은 전혀 없었다.

거기다 진운의 성격상 누군가를 찾아다니는 시티헌터(여자 헌팅 사냥꾼) 기질이 있는 것도 아니다.

레이나라는 절세의 미녀가 옆에 있으니 애초에 김미영의

머릿속에는 진운이 헌팅했다는 가능성은 없었다.

그런데 이런 김미영의 오지랖에 불을 붙이는 사람이 있었으니 바로 김아영이었다.

"제 목숨을 구해준 거나 다름없어요."

"오호!! 목숨이라……?"

진운은 아영의 말에 김미영의 눈동자가 초승달 모양으로 변하는 것을 확인하고는 또 한숨을 내쉬었다.

분명히 또 혼자 뭔가 상상하면서 오해하고 있을 게 뻔했다.

하지만 여기서 진운이 오해를 푼다고 잘못 말했다가는 더 커질 수 있다.

진운은 그냥 최대한 입을 다물기로 했다.

"우리 진이~ 장한 일 했네~ 한류의 중심에 있는 김아영 씨를 다 구해주고 말이야~ 흥흥흥~"

"누나, 눈동자가 작아졌어요."

진운이 던지듯 한마디 했지만 김미영은 아랑곳하지 않았다.

"그럼 혹시… 둘이 사귀는……."

라고 말하면서 김미영이 아영과 눈이 마주치는 순간 여자의 직감이랄까, 결혼한 주부만이 가지는 민감한 촉이 찌릿 하고 온 것이다.

반면 김미영의 말에 진운은,

"아니에요. 친구예요."

무심할 정도의 어조로 대답했다.

잘 대답했다고 생각했는데 김미영은 진운의 대답에도 눈길조차 주지 않았다.

오히려 아영만 말없이 둘을 진득하게 바라보다가 뭔가 알았다는 듯,

"음음, 그렇구나."

라는 말하고는 입을 다물었다.

그런데 아영도 김미영이 말하는 게 뭔지 아는 듯 조용히 입을 다물었다.

"진아."

"왜요?"

진운이 김미영의 오늘 행동에 진운이 잔뜩 뿔이 난 듯 표정으로 퉁명스럽게 대답하자,

"남자가 쪼잔하게 지나간 일을 가슴에 담아두는 것 아니다."

오히려 사고 친 김미영이 진운을 보면서 큰소리치자 진운은 한숨을 쉬더니,

"누나, 이제 애 엄마이니 좀 점잖아질 때도 됐잖아요."

일부러 다슬을 슬쩍 끄집어내서 진운이 말하자 다슬에게

만큼은 유독 약한 모습을 보이는 김미영은 헛기침을 터뜨렸다.

"뭐, 그냥 그렇다는 건데 뭘 그렇게 따져. 아무튼 너도 오해할 만한 잘못을 했잖아. 안 그래?"

끝까지 자신이 잘못한 게 없다고 우기는 김미영의 고집에 진운은 피식 웃으면서,

"네, 네, 제가 다 잘못했어요."

"진아, 대답은 한 번만!"

마치 어린 동생 나무라듯 하는 김미영의 행동이 어떻게 보면 유별나다고도 할 수 있지만 진운은 결코 싫지 않았다.

조금은 유별나고 괄괄한 성격이긴 하지만 진심으로 진운을 아낀다는 것을 이미 알고 있으니 말이다.

아무튼 뜻하지 않게 김미영과 만나면서 아영은 화장을 다시 해야만 했다.

"난 그만 간다. 배웅 잘 하고."

김미영은 슬쩍 아영을 한번 보더니 씽긋 웃고는 가버렸다.

"이제야 갔네."

진운은 김미영이 완전히 시야에서 멀어진 것을 확인하고 나서야 어깨를 한번 돌리면서 편안하게 한숨을 쉬었다.

"재미있는 분이네요."

"후후훗, 뭐 재미는 있는 편이긴 한데… 애 엄마가 되어서

도 여전하니 문제죠."

"딸인가요?"

아영이 김미영이 애 엄마라는 말에 물어보자,

"딸이에요. 이름은 소다슬이구요."

"…소다슬… 이요?"

아영도 순간 다슬의 이름을 듣더니 표정이 살짝 어색해졌
다.

"무슨 소다수 음료 이름 같죠? 하지만… 자식이 좋다면 괜
찮다고 그냥 그대로 호적에 올렸다네요."

"……?"

순간 아영은 진운의 말을 듣고 왠지 익숙한 느낌을 받았
다.

특히나 호적에 올린다는 말은 자신이 고아원에서 자신을
키워준 부모님에게 입양될 때 했던 과정과 너무나 비슷하지
않은가?

"…혹시… 입양하셨나요?"

"어? 어떻게 알았어요?"

진운의 놀란 표정과 달리 아영은 작게 웃으면서,

"역시… 저도 입양되었기에 그냥 알게 되었어요."

"아, 그보다 이제 집으로 가야죠?"

"네."

아영은 알아서 대중교통을 타고 간다고 몇 번이나 거절했다.

하지만 진운은 여자 혼자 보냈다가는 나중에 김미영에게 걸리면 잔소리만 한 시간 이상 들어야 한다면서 억지로 아영의 집 앞까지 바래다주고서야 되돌아갔다.

"하아, 다 들켰네."

진운이 떠나가는 모습을 가만히 지켜보던 아영은 도대체 레이나도 그렇고 진운이 누나라고 부르는 김미영도 그렇고, 어떻게 자신이 진운을 좋아하고 있는 걸 알아챘는지 영문을 알 수가 없었다.

스스로 열심히 숨긴다고 숨겼는데도 말이다.

물론 누가 봐도 숨기기는커녕 오히려 대놓고 행동했다는 것을 아영은 전혀 모르고 있었다.

*　　*　　*

"혼자 왜 그렇게 TV만 보고 있어?"

진운은 아영을 바래다주고 돌아오자 멍하니 TV를 보고 있는 레이나의 모습에 한마디 했다.

레이나는 고개를 돌려 진운을 바라보며,

—왔어?

“응, 조금 늦었지?”

진운의 말에 레이나는 시계를 보더니 시간이 제법 지났다는 것을 이제야 알게 되었다.

“백화점에서 누나를 만나는 바람에 좀 늦었어.”

―누나… 라면 언니 말이야?

“응. 말도 마라. 아영 씨를 보고는 내가 바람피운다고 난리치고… 아주 날 죽일 듯이 쳐다보는데……. 쩝, 오지랖도 정도껏 넓어야 말이지, 나 참.”

진운의 불평불만을 가만히 듣던 레이나는 갑자기 웃음을 터뜨렸다.

―쿠쿠쿡, 쿠쿠쿡.

“왜 웃어?”

―아니야. 그냥… 언니의 행동과 표정이 상상이 되어서 그래.

“하긴… 평소에 누나 성격을 아는 너라면 충분히 알겠네.”

진운도 레이나가 웃는 것을 오히려 순순히 인정했다.

그렇게 진운과 레이나, 그리고 소지훈과 김미영은 피가 서로 통하지는 않았지만 누가 봐도 가족이라고 할 만큼 끈끈한 정을 만들어가고 있는 중이었다.

―그런데, 진운.

“응?”

─가방은 사지 않았어?

"가방? 그야 당연히 샀… 아! 누나한테 있다!!"

백화점에서 김미영의 손에 잡혀 끌려가면서 어쩌다 보니 김미영이 가지고 있던 쇼핑백에 다슬의 가방과 같이 들어가 버린 것이다.

너무나 정신없는 상황에 진운도 잊어버리고 있다가 레이나의 말에 겨우 생각났지만 진운은 바로 찾으러 가진 않았다.

─왜? 가방 가지러 안 가?

레이나는 당장에라도 진운이 가방을 가지러 소지훈의 집으로 갈 줄 알았는데 머뭇거리기에 물었다.

돌아온 건 진운의 찌푸린 얼굴이다.

"지금 가면 조금 전에 카페에서 들은 잔소리 열 배는 들을 거야. 차라리… 내일 수강 신청만 하고 바로 오니까 굳이 가방은 없어도 될 거야."

일반적으로 엄마의 잔소리를 싫어하는 자식들만큼이나 진운은 김미영의 잔소리가 싫었다.

물론 김미영을 가족처럼 생각하고 아끼고 좋아하지만 그것과 잔소리 듣는 것은 엄연히 별개였으니 말이다.

─진운.

"응?"

―우리 기분도 꿀꿀한데 대륙으로 놀러나 갈까?

"음, 그럴까?"

진운도 김미영의 잔소리 폭풍을 듣고 난 뒤라 그런지 레이나의 제안이 반가웠다.

그들은 곧장 적당히 옷을 바꿔 입고 로브를 걸쳤다.

"갈까?"

―그래.

촤아아악!!

진운의 손이 들리고 게티아에서 푸른빛이 뿜어져 나오자 허공이 부서지듯 균열이 생기더니 익숙한 차원의 통로가 열렸다.

"기분이 꿀꿀할 때는 대륙으로!"

―그렇지. 꿀꿀할 때는 대륙으로!

진운은 김미영의 잔소리를, 레이나는 자신의 현재 상황과 마음 사이에서 갈등하는 기분을 대륙으로 가서 잠시 잊고 싶었다.

그들이 차원 이동 마법으로 자취를 감추었다.

처거걱.

레이나와 진운의 모습이 차원의 통로 속으로 완전히 사라지자 허공의 균열은 거짓말처럼 사라져 버렸다.

그런데 그렇게 진운과 레이나가 사라진 자리에 작은 회오

리가 일더니,

　[이런, 역시 게티아의 주인답네. 다른 차원으로 가는 통로를 마음대로 다룰 정도라니.]

　처음부터 있었는지 아니면 방금 왔는지 모르지만, 아스타로트가 방금 진운과 레이나가 사라진 곳을 조용히 바라보다가 웃는 얼굴로 다시 사라졌다.

Chapter 10
용병 경험

　지구와는 확실히 다른 맑은 공기에 깊은 숨을 몰아쉰 진운
은 대륙에 오면 이상하게 기분이 편안해지는 것을 느꼈다.
　역시나 지구와 달리 뭔가 제약이 없다는 것과 여행하는 기
분으로 언제든지 올 수 있다는 것이 그에게는 좋은 느낌을 주
었다.
　첫 느낌이 좋아서 그런지 이번이 세 번째인데 올 때마다 포
근해지는 기분인 것이다.
　―어떻게 나보다 더 좋아하는 것 같아.
　레이나가 작게 핀잔을 주자 진운은 그냥 웃고 말았다.

“이제 여기서 어디로 가야 해?”

솔직히 진운이 대륙에 와서 하는 것은 그저 걷거나 야영이 전부였다.

하지만 그 자체만으로도 그냥 좋은 듯 진운의 기분이 살짝 들떠 있다는 것을 느낀 레이나는 잠시 주변을 살펴보더니,

—진운.

“왜?”

—우리 용병일 하면서 이동해 볼까?

“용병일을?”

사실 진운과 레이나는 기분이 내키면 있다가 기분이 풀리면 다시 지구로 돌아가기를 반복했기에 용병패를 가지고는 있지만 아직 사용해 본 적이 한 번도 없었다.

“음…….”

굳이 돈이 필요한 건 아니지만 솔직히 이렇게 차원을 넘어왔다면 한 번은 해보고 싶긴 했다.

하지만 귀찮은 일임에는 분명했기에, 기분이 동하긴 했지만 진운은 고민했다.

—소설 속 주인공처럼 여행과 모험을 해보고 싶다면서. 그럼 당연히 용병일을 하는 게 가장 좋아 보이는데. 어때?

사실 진운은 레이나가 먼저 용병일을 하자고 권할 줄은 몰랐기에 귀찮음이 조금 걸리긴 했지만 고개를 끄덕였다.

“좋아 까짓것 이왕 경험해 보는 거 할 수 있는 걸 다해보는
것도 좋지.”

어차피 진운이 대륙에 있는 동안에 지구의 시간은 멈추어
있다.

시간적으로 쫓기거나 제약이 있는 것도 아니었으니 말이
나온 김에 하기로 하고는 곧장 아이린과 헤어졌던 마을로 발
길을 돌렸다.

역시나 용병패는 어디서나 통하는 만능 패스포드인 것이
확실한지 진운과 레이나는 관문 병사를 통과하는 데 아무런
제약이 없었다.

“용병 길드로?”

진운이 용병이 용병일을 얻기 위해서 가야 하는 용병 길드
로 가야 하느냐고 물어보자 레이나는 씨익~ 웃더니 고개를
저었다.

─용병 길드는 용병 등록과 관리가 대부분 업무야, 뭐, 커
다란 영지전이나 대규모로 전쟁이 일어나 전쟁용병이 필요하
지 않는 이상 굳이 용병 길드로 가지 않아.

“왜? 용병 길드는 편하지 않아?”

진운이 생각하기에 용병 길드로 가는 게 일도 구하기 편하
고 최대한 빨리 구할 수도 있을 것 같았다.

하지만 꼭 그렇진 않은 모양이다.

─수수료 때문이야.

"응?"

진운은 레이나의 말에 고개를 갸웃거렸다. 언뜻 이해가 되지 않았기 때문이다.

용병 길드에서 일을 소개받는다는 것은, 다른 말로 하자면 용병 길드를 통해서 일이 성사된다는 의미다.

지구에서도 그렇듯 소개비조로 수수료를 내야 하는 것이다.

그런데 용병이라고 무조건 돈을 많이 버는 것도 아니었다.

특히나 몬스터 사냥이나 사냥 등을 해서 고정적인 수입을 원하는 용병들 외에는 돈 1쿠퍼도 아까울 만큼 궁핍한 생활을 하는 게 대부분이었다.

거기다 용병 등록비도 만만치 않기에 무작정 용병을 하려고 시골에서 상경하는 녀석들이 자신이 가지고 있는 돈을 탈탈 털어서 용병등록을 하고나서 막상 일을 시작하려고 하면 주머니에 돈이 없어서 손가락을 빨고 있는 일이 거의 일상적이라고 할 만큼 흔했다.

특히나 용병 길드에서 소개해 주는 일거리를 받아서 할 경우 수수료를 선불로 먼저 용병 길드에 지불해야 하기에 부담이 더욱 커질 수밖에 없는 것이다.

사실 너무 계산적으로 보일 수도 있는 용병 길드에서도 수수료를 선불로 받는 것은 어쩔 수 없었다.

용병이 일을 하고 나서 수수료를 반드시 후납한다는 보장도 없었고, 어중이떠중이가 많은 용병계에는 후불로 수수료를 받을 만큼 신뢰가 높지도 않았으니 말이다.

그러다 보니 용병 길드도 자신들이 먹고살아야 하니 어쩔 수 없이 수수료를 미리 받을 수밖에 없는 것이다.

상황이 이렇다 보니 자연스럽게 용병 길드에서 취급하는 일거리는 사람을 대규모로 구하거나 액수가 큰 것만 취급하게 되었고, 간단하게 상행에 따라가면서 짧은 거리를 이동하는 경우는 용병들 스스로가 자신의 일거리를 찾는 게 일반화되어 있었다.

그리고 지금 진운과 레이나가 하려는 일은 당연히 전쟁이나 영지전 같은 목숨을 걸고 하는 일이 아닌, 그저 북쪽으로 가는 상행을 따라 적당한 모험을 할 생각이니 용병 길드를 갈 이유가 없었다.

“그럼 어딜 가?”

―펍으로 가야지.

“펍……? 주점 말야?”

사실 소설에서는 주점과 여관을 같이 운영하는 곳이 많다. 하나의 이미지로 고정되어 있는 것이다.

하지만 진운이 대륙에 와 실제로 본 것은 그렇지 않았다.

작은 마을이야 겸업이 어쩔 수 없지만, 수도 정도로 큰 곳
은 주점은 주점대로 작아지고 여관은 여관대로 시끄럽기 때
문에 겸업을 선호하지 않는다.

특히나 지금 진운과 레이나가 있는 제국 규모의 국가는 그
동안 지나온 포란트 왕국 같은 신생왕국과 달리 그리 크지 않
은 마을인데도 여관과 주점이 완전히 분리되어 있었다.

끼이익.

우선 가까이 있는 펍으로 문을 열고 들어가자 진운의 코를
가장 먼저 자극한 것은 진한 땀냄새였다.

거기다 노릿한 발냄새 같기도 하면서도 뭔가 딱히 말로 표
현하기 힘든 아주 고약한 냄새까지 섞여 있었다.

그런데 그렇게 진한 냄새도 힘든데 펍이다 보니 필연적으
로 술 냄새까지 섞이자 진운은 자신도 모르게 코를 움켜잡았
다.

―후후훗.

이런 곳이 처음이라는 티를 팍팍 내는 진운의 모습에 레이
나가 소리 내어 웃었다.

그의 손을 잡고 구석의 작은 테이블로 간 레이나는 카운터
에 있던 바텐더에게 손가락 두 개를 펼쳐 보였다.

곧 동전을 던져 주자 바텐더는 능숙하게 돈을 낚아채며 고
개 숙여 인사했다.

그리고는 별다른 주문도 없었는데 알아서 나무로 깎아 만든 잔에 럼주를 담아 가져다 주고는 돌아갔다.

"……?"

—용병들끼리 통하는 수신호 같은 거야.

"뭐가?"

지금까지는 소설에서 경험한 여러 가지 간접 체험으로 크게 문제가 없었지만 지금처럼 실제적인 부분에서는 진운은 거의 어린애나 마찬가지였다.

레이나가 하는 행동 하나하나가 모두 낯설어 보인 것이다.

벌컥벌컥!

레이나는 바텐더가 가져다준 럼주를 한 번에 원샷하듯 다 마시고는 럼주 잔은 그대로 뒤집어 엎어놓았다.

"……"

진운은 레이나의 특이한 행동에 조금 고개를 갸웃거리더니 주변을 슬쩍 둘러보았다.

그러자 테이블마다 레이나처럼 럼주를 담았던 나무잔을 엎어놓은 광경이 제법 많이 눈에 띠었다.

—제법 있지?

"그러네. 뭐랄까… 실제와 소설은 확실히 많이 다르구나."

진운이 본 소설은 어디까지나 상상력을 기반으로 한 이야기다.

큰 줄거리를 따라가는 형태이기에 이러한 세세한 디테일은 표현되어 있지 않았다.

되어 있다고 해도 실제와는 물론 다를 것이다.

그렇게 주변을 살펴보던 진운은 그것이 '일을 기다리고 있다'는 표시임을 어렵지 않게 짐작했다.

그렇게 얼마나 지났을까?

끼익…….

펍의 문이 열리면서 진운이 들어왔을 때처럼 잠시 사람들의 시선이 집중되었다.

그런데 진운과 레이나와 다른 점이 있다면 이번에는 용병들의 시선이 방금 들어온 사람들에게서 떠날 줄을 몰랐다는 것이다.

―고용주야.

"어떻게 알아?"

진운이 보기에는 로브를 걸치지 않았다는 것 빼고는 그리 다를 게 없어 보였기에 레이나에게 물어보자,

―저렇게 입구에 서서 주변을 살펴보는 사람은 거의 열에 아홉은 고용주거든.

"그래?"

진운은 레이나의 말에 우선 고개를 끄덕이면서 주변을 살폈다.

확실히 그 말이 맞는지 펍 안의 용병들의 눈동자에서 생기가 감돌고 있었다.

무엇보다 왁자지껄하던 펍의 소음이 한순간에 사라져 있었다.

저벅저벅저벅.

정갈한 옷차림으로 펍에 들어와서 날카로운 시선으로 몇몇 테이블을 살펴보는 듯하던 남자가 진운과 레이나가 있는 테이블에 멈춰 섰다.

“등급은?”

남자가 물었다.

레이나가 자신의 용병패를 꺼내 테이블 위에 놓았다. 진운도 따라서 용병패를 꺼냈다.

“……”

남자는 진운과 레이나의 용병패를 보더니,

“증거는?”

그냥 B급 용병패라면 보는 걸로 어떻게 되겠지만 아무래도 A급부터는 마나를 사용하는 등급이기에 확인을 요구한 것이다.

덥석.

레이나는 남자의 말에 자신의 용병패를 손에 쥐고 마나를 사용했다. 희미한 푸른빛이 용병패에서 나타났고 진운도 레이나와 같이 마나를 사용해 확인시켜 주었다.

남자가 고개를 끄덕이더니 말했다.

"얼마를 원하지?"

그 정도로 충분한 모양이었다.

레이나도 그럴 줄 알았다는 듯 싱긋 웃더니,

"그쪽에서 원하는 대로."

배짱 튕기듯 말하자 남자의 눈빛이 살짝 날카롭게 변했다.

한동안 진운과 레이나를 한번 살펴보는 듯하더니 주머니에서 메모지 하나를 꺼내 놓았다.

"세 시간 뒤에 이곳으로 오면 상행을 떠나는 상단이 있을 거다."

그리고는 그대로 몸을 돌려 펍을 나가 버렸다.

"…이게 다야?"

뭔가 흥정이나 이야기가 오갈 것으로 생각했던 진운은 간단해도 너무 간단한 고용 방법에 한마디 하고야 말았다.

―뭘 바란 거야?

"아니, 그래도 조금은 이야기가 오갈 줄 알았지."

―후후훗. 진운, 나도 판타지 소설을 읽어봤지만, 나도 확실히 설정을 보고 많이 놀라긴 했지만 소설은 소설일 뿐이야. 그리고 돈을 주고 서로 고용하고 고용당하는 사이에 무슨 말이 필요해? 어차피 상행이 끝나면 서로 다시 얼굴을 볼 수 있

을지도 모르는 사이인데 말야.

레이나의 말이 확실히 틀린 말은 아니었다.

하지만 그래도 너무 딱딱한 모습에 어쩌면 차라리 용병일을 하지 말고 원래대로 걸어서 이동하는 것이 좋았을지도 모르겠다는 후회가 조금은 드는 진운이였다.

일이야 어찌 되었든 고용주가 나타났고 고용되었으니 일은 해야 했다.

용병은 신용이 자신의 몸값이다 보니 구두이긴 했지만 계약을 한 이상 싫든 좋든 가야만 하는 것이다.

―시간이 아직 좀 남았네. 준비할 시간은 충분하겠어.

레이나는 진운을 데리고 펍을 나왔다.

멀리 가는 것은 아니었다.

펍 바로 옆에는 작은 상점이 있었다. 그곳으로 진운을 데리고 들어간 레이나는,

―상행을 위한 준비 좀 해줘.

주인에게 그렇게 주문했다.

별다른 요구가 없었음에도, 주인은 마치 약속이나 한 듯 알아서 이것저것을 챙기더니 작은 가방 두 개를 레이나에게 내밀었다.

―얼마지?

레이나가 물어보자 주인은 손가락 네 개를 펼쳐 보였다.

레이나는 별다른 말 없이 주머니에서 동전을 꺼내 주고는 그대로 상점을 나왔다.

"생각 이상으로 전문화되어 있네."

진운은 방금 나온 상점에서 레이나는 딱 두 마디만 했고 주인은 가격을 치를 때조차 대답하지 않은 것을 보고는 고개를 흔들었다.

이건 뭐 지구의 전문점이라고 해도 전혀 어색하지 않을 만큼 전문화되어 있는 모습에 조금은 놀랐다.

―대륙의 역사도 따지고 보면 지구의 역사보다 오래되었어. 이 정도는 당연하지 않아? 거기다 용병은 대륙에서는 필수인 직업이니 당연히 용병들만 상대하는 상점이 있는 것이 당연하잖아.

"……."

진운은 레이나의 논리적인 말에 오히려 할 말이 없었다. 당연한 말을 하는데 거기에 뭐라고 하겠는가?

―가자. 첫 일을 위해서.

왠지 레이나가 더 들뜬 듯한 모습에 진운은 웃으면서 레이나가 준 검을 허리에 착용했다.

그래도 명색이 용병인데 최소한 허리에 검 하나는 차고 있어야 하지 않겠는가?

물론 진운에게 검이란 있어도 그만, 없어도 그만이지만, 보수를 받고 용병일을 하는 이상 겉모습도 신경을 써야만 했다.

일단 모양새를 갖춘 두 사람은 펍에서 고용주가 넘겨준 메모지에 적혀 있던 장소에 도착했다.

"응?"

그 장소에는 자신들 외에도 다른 용병 여럿이 있었다.

그들을 지나 적당한 곳에 자리를 잡고 앉아서 고용주가 오기를 기다렸다.

그런데 진운은 자신들보다 먼저 와서 쉬고 있는 용병들을 보고는 고개를 갸웃거렸다.

"웬 창이지?"

진운과 레이나를 빼고, 여기 모인 용병들이 하나같이 자신의 키를 훨씬 넘는 긴 창을 가지고 있었다.

용병은 검이라는 이미지가 워낙 강한 진운의 인식으로는 그런 모습이 조금 이상했다.

—왜?

레이나는 반대로 그게 왜 이상하냐는 표정이었다.

—당연하지 않아?

"당연?"

—자기 목숨을 대가로 돈을 버는 직업이 용병이야. 그런 사람들에게 자신의 몸을 지킬 수 있는 무기라면 가리지 않는 게 당연하잖아. 그리고 창만큼 쉽게 배우고 쉽게 사용하는 무기

는 없어. 무엇보다 창만큼 안전한 무기도 없고 말야.

"뭐, 그렇긴 한데……."

진운은 레이나의 말을 듣고 수긍은 했지만 역시나 뭔가 좀 허술해 보인다고나 할까?

아무튼 2% 부족한 느낌을 받았다.

용병이면 자신의 실력으로 돈을 버는 직업이니만큼 주사용 무기가 있을 걸로 생각했는데 지금 진운의 눈에 보이는 용병들은 군을 보는 듯 허리에는 롱소드, 등에는 창, 그리고 등에는 진운과 레이나와 같은 작은 배낭을 메고 있는 모습이었다.

그렇게 진운은 레이나와 대화를 통해 조금씩 현실적인 용병의 실상을 알아갔다.

그새 시간이 제법 되었는지 펍에서 봤던 고용주가 모습을 드러냈다.

"계약한 용병은 모여라!"

조금은 강압적인 말투로 말하는 것 같았지만 레이나나 다른 용병들은 별다른 말 없이 조용히 일어나 고용주 앞에 모였다.

"난 펠 상단 지부의 지부장이다. 이미 나를 알고 있는 사람들도 있을 테니 긴 설명은 하지 않는다. 지금부터 우리는 정확히 30분 뒤에 본단으로 보낼 물품을 가지고 곧바로 움직일 예정이니 그전에 용병들은 각자 알아서 역할을 나눠두고 다시 모이면 된다.”

정확하게 자기 할 말만 하고 고용주는 당나귀로 보이는 작은 말이 끄는 마차 다섯 개가 줄지어 서 있는 곳으로 가버렸다.

고용주가 사라지자 뿔뿔이 흩어져 있던 용병들은 한자리에 모인 김에 각자 앞으로 상행 동안 할 역할을 나누기로 했다.

서로를 바라보던 그들이 레이나를 보고는 조금 놀랐다.

“여자 용병은 오랜만인데? 등급이 어떻게 되지?”

수염이 덥수룩하게 난 용병 하나가 레이나를 보면서 물었다. 레이나는 조용히 용병패를 꺼내 보였고 그걸 확인한 녀석은,

“굉장하군. A급이라니…….”

사실 웬만한 남자들도 정말 운도 따라주고 실력이 따라줘야 하는 게 B급 용병이었다.

그런데 여자 몸으로, 그것도 아직 20대 초반으로 보이는 외모를 가진 레이나가 A급이라는 것에 놀라는 건 당연했다.

“어쩐다……?”

원래 용병들 규칙에 따르면 상행이든 뭐든 일을 하는 용병들은 가장 급이 높은 용병이 리더를 맡는 것이 일반적이었다.

그런데 지금 레이나는 딱 봐도 경험이 적어 보이는 것이다.

물론 여자라서 안 되는 것이 아니라 경험이 적어 보일 만큼 너무 젊다는 게 지금 이들이 레이나의 등급을 보고도 머뭇거리는 이유였다.

아무래도 지휘자에 따라 얼마나 편한 상행이 되느냐, 아니면 목숨이 왔다 갔다 하는 상행이 되냐가 좌우되니, 등급도 물론 중요하지만 경험도 결코 무시할 수 없었다.

그리고 A급의 용병들은 이미 용병일에 이골이 나서 경험도 풍부한 경우가 대부분이기에 그런 규칙이 있었던 것이다.

―전 상관없어요. 어차피 저희는 그저 북쪽으로 가는 상행이 필요했을 뿐이거든요.

"그쪽이 그렇게 말한다면……. 험험. 지금까지처럼 리더는 내가 맡도록 하지."

털보는 은근슬쩍 레이나가 물러난다고 하자 반가운 듯 냉큼 자신이 리더를 하겠다고 나섰다.

그는 일사분란하게 사람들을 배치하기 시작했다.

행동이나 모습을 보니 아마 이쪽 상단과 상행을 자주 한 듯한 모습이었다.

그런데 그런 털보도 레이나와 진운을 두고는 고민할 수밖에 없었다.

"어쩐다……."

고용주가 이번에 운이 좋은지 A급 용병을 두 명이나 데리고 온 것은 좋은데 마음대로 굴리기에는 레이나와 진운의 등급이 걸렸다.

거기다 털보가 보기에 초보 냄새가 풀풀 풍기는 진운은 뭔가 믿고 맡기기에 마음이 놓이지도 않는 것이다.

레이나는 딱 봐도 차분하고 자기가 알아서 리더를 마다하는 모습을 보니 용병 경험이 있어 보였지만 진운 때문에 레이나까지 어떻게 할지 고민해야만 했다.

그러다가 결국 털보는 상행의 중앙에서 움직이도록 둘의 자리를 배치했다.

용병일이 아무리 처음이라도 해도 A급을 받을 정도면 최소한 기본 실력은 자신들보다 윗줄이라고 판단한 털보는 고용주의 안전을 확보할 수 있는 상단의 중앙에 자리 잡도록 합리적인 판단을 한 것이다.

"출발한다!!"

털보가 진운과 레이나의 자리 배치에 고민을 오래했는지 인원 배치가 끝나자 바로 출발신호가 떨어졌다.

―이제 시작이네

레이나는 오랜만에 떠나는 상행이었고, 진운은 태어나 처음으로 맞이하는 상행이 시작되려고 하고 있었다.

그런데 뭐랄까…….

역시 현실은 다르다는 것을 말해주는 것인지, 상행을 떠난 지 거의 2일이 지나 그 후로도 반나절이 지났지만 진운과 레이나가 하는 일은 그저 걷고 또 걷는 것이 전부였다.

"……."

레이나는 한참 동안 말없이 걷는 진운의 모습에 속을 알겠다는 듯 웃더니,

—심심해?

"뭐… 좀 그러네."

사실 엄청난 몬스터가 나타나서 자신들의 목숨을 위협하는 사태를 바란 것까지는 아니었다.

하지만 하다못해 산적이라도 나타나지 않을까? 하는 진운의 기대는 상행을 시작한 지 하루 만에 무너졌다.

그냥 걷는 것 외에는 아무것도 없다는 것을 깨달아 버린 것이다.

—사실 소설이 조금 자극적인 거야. 물론 산적도 있고 몬스터도 나타나긴 하지만 그럴 확률은 거의 1년에 한두 번 정도야.

"그렇게나 적어?"

—후후훗. 진운, 만약에 몬스터가 그렇게 자주 나타나고 산적이 자주 나타나면 용병들은 이미 씨가 말랐을 거야."

"쩝."

레이나의 말도 일리는 있었다.

아무리 용병이 자신의 목숨을 대가로 돈을 버는 직업이지만 죽을 위험이 극도로 높다면 당연히 그 수가 줄어드는 게 맞는 말이니 말이다.

거기다 산적이나 몬스터가 제국 안에서 활개치고 다닌다는 것도 약간은 이상하긴 했다.

그렇지만 상행을 떠나는 상단들이 이렇게 돈을 써가면서 용병을 쓰는 이유는 바로 유비무환 때문이었다.

사람들이 견물생심이라고, 보호하는 자들이 없이 엄청난 물건을 가지고 이동하다 보면 누구라도 욕심을 내게 마련이었다.

그런 사태를 미연에 막기 위해서 용병을 고용하고 상행을 떠나는 것이다.

아무리 착하고 선한 사람이라도 눈앞에 돈이 있다면 욕심 내는 것이 당연한 이치였으니 말이다.

하지만 진운에게는 오히려 용병일을 하지 않고 그냥 레이나와 둘이서 이동했으면 하는 생각이 저절로 들 만큼 따분한 시간의 연속이었다.

그렇지만 하늘이 진운의 따분함을 알아주었는지, 거의 저녁 무렵이 되었을 때 상행을 떠난 뒤 처음으로 야영지가 아닌 곳에서 멈춰야만 했다.

"나무가 쓰러져 있긴 한데… 너무 티 나네."

진운이 봐도 누군가 일부러 길을 막기 위해 쌓아 놓은 통나무가 분명해 보이는 것이 길 한가운데에 떡하니 있었다.

사람은 크게 힘들지 않을 것 같지만 마차는 아무래도 지나가기에 무리로 보이는 모습을 보니 누가 봐도 일부러 놓은 게 확실했다.

"전투 준비!!!"

진운이 알아볼 정도로 허술한 것을 털보가 모를 리가 없다.

그가 곧바로 전투 준비를 외치더니 진운과 레이나 곁으로 다가왔다.

"어디 A급 용병의 실력을 구경할 수 있을까?"

긴장은 했지만 상황에 비해서 털보의 목소리는 여유로웠다.

진운은 살짝 웃고는 그대로 통나무더미로 홀로 걸어갔다.

이제 그 힘을 발휘할 때가 온 것이다.

『바벨의 탑』 5권에 계속…

2012년 겨울, 전율적인 무협이 찾아온다!
정통 무협의 대가, 백야.
이번에는 낭인의 이야기로 돌아오다!

「낭인천하」

어린 아들 둘을 이끌고 유주에 나타난 낭인, 담우천.
정체를 알 수 없는 낭인의 발걸음에 잠자고 있던 무림이 격동하기 시작한다.

앞을 가로막는 자, 베리라. 내 가족을 노리는 자, 처단하리라!

사랑하는 아내의 손을 잡는 그날까지
한겨울 매서운 삭풍을 뚫고
낭인의 무(武)가 천하를 뒤흔든다!

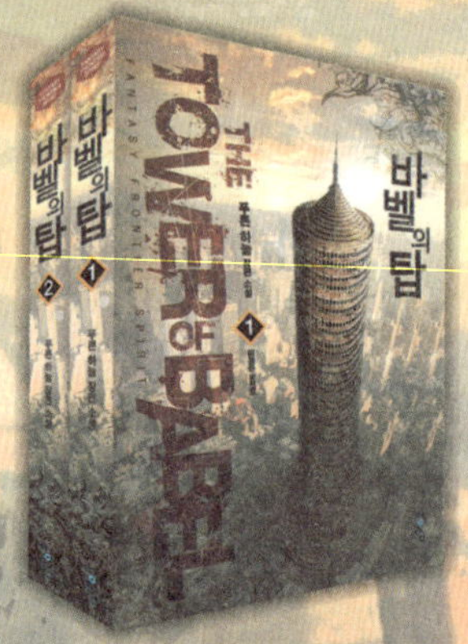